集英社オレンジ文庫

殺し屋ダディ

栗原ちひろ

本書は書き下ろしです。

Hit man

Contents

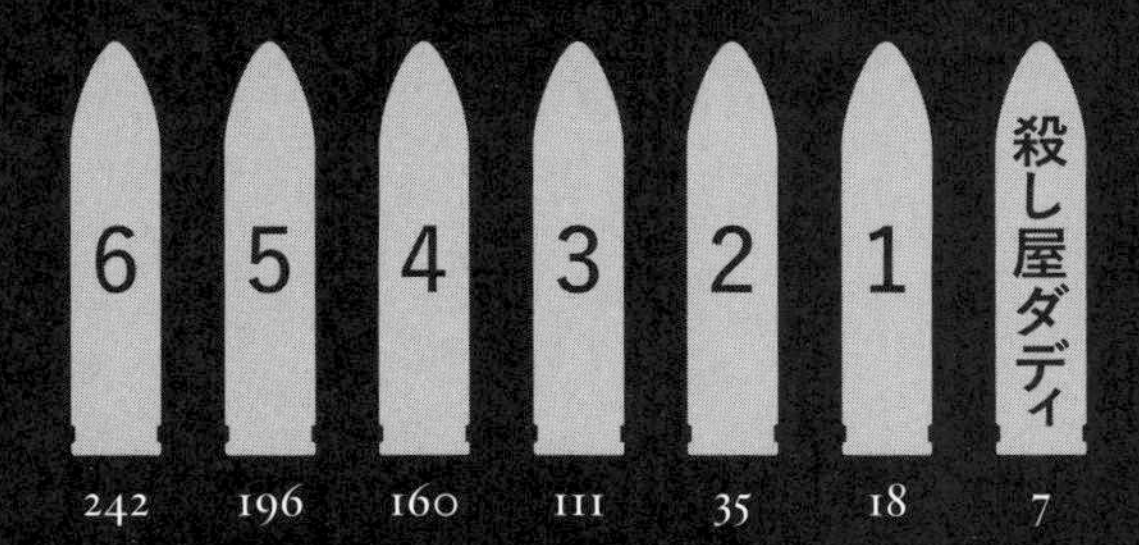

Daddy

イラスト／西本ろう

Hit man
殺し屋ダディ

Daddy

そこは戦場だった。

見たことも聞いたこともない、初体験の戦場。

「おかしいな。僕の天才的な計算がくるうとは」

柳生峠(りゅうせいたける)は中性的な美声で囁(ささや)き、冷たい瞳で目の前の光景を見つめる。

古い団地の一室。細長すぎるＤＫに焼けた畳(たたみ)の部屋が三つ。ありふれた構成の住居の室内に、色とりどりの子ども服が巻き散らかされていた。長袖(そで)Ｔシャツ、ズボン、靴下、帽子、パンツ、さらにはハンカチ、ティッシュ。それらがすべて数種、下手(へた)をしたら数十種も広げられ、折り重なり、六畳の畳を覆(おお)い尽くしている。

その真ん中にパジャマ姿の子どもが一人。膝(ひざ)に顔を伏せ、石のように動かない。

「……犬星三也(いぬぼしみや)さん。もう一度聞きます。あなたはなぜ、お着替えを拒否するんです」

柳生は目の前の四歳児の名を呼び、ひとまず万人受けする笑みを浮かべた。

二十五歳になっても少年のしなやかさを保つ柳生の美貌(びぼう)は、老若男女(ろうにゃくなんにょ)、国籍問わず人気がある。手を取って『あなただけです』と囁くだけで言いなりになる人間は数知れず。たとえ四歳であろうとも、相手は人間。いける。きっといける。

そう思ったのだが。

「にゃ……」

三也は膝に顔を伏せたまま、謎の鳴き声を上げるのみ。

「にゃ、ではなくてですね。まずはお顔を上げてください。さあ、僕の顔を見て」

柳生は三也の傍らに膝をつき、甘い声を出してみせる。続いて肩に触れようとすると、三也は猫が丸まるようにして畳に伏せてしまう。

顔を見る気が、まるでない。かつてない反応に、柳生は真剣な面持ちになる。

「なんでそこまで……？　僕の顔が不快なのだとしたら、美意識に欠陥がありますよ」

そこへ、勢いよく襖を開けて大柄な男が割りこんできた。

「三也！　追加の洋服だ！　さすがにこの中には好みのものがあるだろう！」

「我藤さん、うるさいです」

柳生は吐き捨てて振り返る。視線の先の男は、顔が見えないくらいの服を抱えていた。

柳生の問いに、我藤と呼ばれた男は勢いこんで答える。

「どこから持ってきたんです、それ」

「早朝から開いている衣料量販店で買ってきた！　ここにある服が三也の気に入らんのなら、新しい服を調達するしかあるまい？」

「判断が早すぎます。まずは三也さんを説得しようと思わないんですか？」

「それで三也の初登園に間に合わなかったらどうする。判断は早いにこしたことはない」

我藤は言い切り、三也の前にどさりと服を置く。

「俺がお前のために用意したお着替えのパターンは、ざっと四十。人気のモチーフと色を抜け目なく取りそろえた。ひとつくらいは気に入るものがあるはずだ」

　三也はぴくりともせず、か細い声を出した。

「………にゃー」

「にゃーじゃわからんぞ。迷彩柄はどうだ？　これを着て茂みの中に隠れれば生存率が上がる。おすすめだ」

　猟犬じみた態度で畳に這いつくばり、伏せた三也に迫る我藤。

　三也がさらに全身をこわばらせたのを見て、柳生は白い眉間に皺を寄せた。

「我藤さん、やめてください。あなたは顔が怖いんですよ」

「バカを言うな。俺はどこからどう見ても苦み走った男前だろうが！」

　ぐわっと顔を上げて柳生を見たのは、どこか日本人離れした彫りの深い顔だ。

　我藤朝比、三十八歳。ずばぬけた長身とがっしりとした体形も相まって、ラテン系の役者のように見える。美男子なのは間違いないが、でかい割に動きが素早すぎ、勢いがよすぎるのが子ども受けしない要因だろう。

　柳生はうっすらと冷笑をまとい、我藤に答える。

「子どもは苦いものより甘いもの好き。先に三也さんに好かれるのは、この僕です」

「なんだと……？」

　我藤が太い眉を寄せ、三也の丸まった背中がびくりと震えた。

柳生はすかさず三也の傍らに膝をつき、側にあった長袖Tシャツを手に取った。

「おや、このTシャツ、珍しいですね。頭がスイカの猫とは」

「にゃ……？」

三也の反応が変わった。同じ「にゃ」でも、これは興味を持った「にゃ」だ。

柳生はひとの心に忍び入るのが得意だ。まずは自分の美貌で釣り、それで釣れなければ他の興味を探る。ひとは同じ興味を持つ人間を好きになるものだ。

柳生はさらに続ける。

「ひょっとしたら限定品かもしれません。これを着ていたら、周りの子どもたちにうらやましがられてしまうかも」

「…………」

「それにしてもいいシャツですね……着ないなら、僕がもらってもいいですか？」

「……！」

三也ははっとして顔を上げた。

よし、勝った！

興味さえ惹いてしまえばこちらのものだ。柳生は心の中でガッツポーズを作る。

直後、我藤が猛スピードで三也のパジャマの上をはぎ取った。

「獲ったあ！」

勝ち誇る我藤。はっとして振り返る三也。引きつる柳生。

三也が固まっているうちに、我藤は三也に迷彩シャツをかぶせる。

「よし、これで着替えは成功したも同然！　この調子でズボンもいくぞ！」

「我藤さん……！　せっかく僕が三也さんの心を掴みかけたところで！」

柳生はぎろりと我藤を睨んだ。が、我藤はすでにズボンを手にしている。

「お前は何事も遅すぎるんだ。さあ三也、観念して俺にすべてをゆだねろ！」

「にゃっ……!?」

我藤が三也に襲いかかる。が、柳生がその懐に入りこんだ。

我藤のシャツを掴み、一気に投げ飛ばす柳生。我藤の長身が宙を舞い、三也の頭上を飛び越えて、壁際に叩き付けられた。

「っ！」

三也が小さく縮こまる。

我藤は素早く受け身を取って立ち上がり、ぐんとバネを利かせて柳生に迫った。

迫る貫手。紙一重で柳生が避ける。避けざまに、我藤の脚をローキックでなぎ払う柳生。

我藤は俊敏にジャンプして避け、そのまま跳び蹴りを繰り出した。

二人は、常人では視認することすら難しいであろう超高速の応酬を続ける。

一般的な組み手やスパーリングと違うのは、二人がいちいち相手の急所を狙うところだ。

一撃必殺、もしくは意識が薄れる場所を容赦なく襲う。避けるときは必ず攻撃に繋ぐ。

めまぐるしい応酬の中で、それでも段々と有利、不利が出てくる。

速さとリーチで、どうしても体格のいい我藤が上だ。

このままでは我藤が勝つ。

そうはっきりした、直後。

「っ……！」

我藤が眉根を寄せる。

ぴたり、と、二人が止まった。

見つめ合う二人。我藤は柳生の手首を握っている。握られた柳生の手、その指先には、何かがきらりと光っている。よくよく見なければわからない、それは極細の針だった。

「……こんなところで本気を出すな、ライ」

うなるように我藤が言う。

柳生はゆるやかに笑みを含んだ。

「今回は麻痺毒ですよ、ロック。僕は天才ですから、手加減もできる。それと……」

一度言葉を切り、もう一方の手に持ったものを我藤に見せる。

それは、我藤が三也に着せたはずの迷彩柄Tシャツだった。

「どさくさのうちにいただきました」

「何!?」

ぎょっとして我藤が三也を見る。

三也はいつの間にか上半身裸で、ぽよんとしたお腹をさらして立ち尽くしている。

柳生は我藤の腕を振り払って、手首に隠した針ケースに針を収めた。その後、我藤の用意した迷彩柄Tシャツを投げ捨てると、極上の笑顔で言う。

「三也さん、やはりTシャツはスイカ猫にしましょう」

「…………」

「三也さん?」

柳生は小さく首をかしげる。

三也はきゅっと小さい拳を握ってうつむいていたが、やがてふるふると震えて顔を上げた。大きな目は涙で潤み、ほっぺは空気でパンパンに膨らんでいる。

小さい体いっぱいで表現された『不満』の感情に、柳生はたじろいだ。

「なぜです？　あなたは迷彩柄よりスイカ猫のほうが好きなはず」

「三也は……」

三也は、意を決したように口を開き、すぐに閉じた。

唇を巻きこむみたいにして噛みしめて、むううと黙ってしまう。

これはどういう反応なのか。柳生と我藤は固唾を呑んで四歳児を見守った。

そのまま静かに時は過ぎる。遠くから響いてくる車の走行音と、へたくそな歌。平穏そのものの沈黙をやぶったのは、ぐー……という、腹の鳴る音だった。

鳴ったのは、三也の腹。

柳生と我藤は、同時にはっとして声を上げた。

「そうか、メシか！」

「三也さん、空腹でご機嫌斜めだったんですね!?」

そうとわかったら話は早い。柳生はＤＫに飛び出して冷蔵庫を開けた。中に詰まっているのは栄養ゼリーと機能性飲料、そして、大量のブロッコリーと牛乳。柳生はその中からアスリート用ゼリーとバナナ味の子ども向けゼリーを取り出し、我藤に投げつけた。

「手っ取り早い朝食チョイスだな。俺のモットー、早い、安い、美味(うま)いにぴったりだ」

我藤は左手にバナナゼリー、右手にアスリート用ゼリーを受け取って、アスリート用ゼリーのほうを一気に空にする。柳生は食卓に置いた幼稚園鞄(かばん)を摑みながら言う。

「あなたは自分より三也さんの面倒を見てください。それと、着替えの続きを！」

「わかってる。柳生、三也の弁当は？」

「今、持ち物の最終チェックをするところです！」

幼稚園の持ち物は細々しているが、柳生の仕事は段取りが重要だ。これくらいお手の物である。きっちり名前を書いたお弁当セットとコップを見下ろして、柳生はうっとりと目を細める。

「やはり完璧な段取りだ……。弁当は朝のジョギングのときに、コンビニでハンバーグとナポリタン入りサンドイッチを買ってきました。最高に子どもらしくて無駄のないメニューで天才的でしょう？」

「弁当はそれでよし。ハンカチ、ティッシュ、靴下とパンツの替えは入れたか？」

我藤はバナナゼリー片手に三也と対峙しつつ、確認を投げてくる。

「……替えってなんです？　今着替えるぶんじゃなくて三也さんに持たせるんですか？　僕は初めて聞きましたけど」

柳生が問うと、我藤はポケットから一枚のプリントを取り出した。

「汚す可能性があるなら持ってこいと書いてある！」

「似たようなプリントは三枚読みましたが、それは初見です。なんで僕に回さなかったんですか!?」

「そんなことより、予備のパンツと靴下は、あるのか、ないのか！」

一言の謝罪もなく叫び返され、柳生は柄にもなくかっとした。

「これから入れます！　信じられない、僕の完璧な段取りをこんなことで崩すなんて」

柳生はずかずかと三也の部屋に戻ってくる。三也はまだバナナゼリーには手を出さず、上半身裸で立ち尽くしている。我藤はそんな三也の足下にひざまずいてバナナゼリーを差し出しつつ、近づいてきた柳生にニヒルな笑みを向けた。

「まあ落ち着け。自称『天才』が、こんなことでうろたえるとは無様だぞ、ライ」

「いちいちその名前で呼ばないでください、ロック。今の僕らは殺し屋じゃない」

冷たく吐き捨て、柳生は畳に投げ出されたパンツを拾おうとした。

が、すかさず三也がそのパンツの上に寝転がる。

「三也さ……」

引きつる柳生を見ようともせず、三也は大の字になって叫んだ。

「三也、どっちのシャツもきらい！　ゼリーもたべない！　ようちえん、いかない！」

幼稚園に行かない。それはすなわち、登園ミッションの完全な失敗を意味する。

直後、二人のスマホのアラームが八時四十五分を告げた。

我藤が鬼の形相で柳生を見る。

「どうする、柳生。今日は三也の幼稚園初登園日。遅刻などゆるされん！」

「どうする、と言われましても……僕は殺しの天才だ。育児は専門外です」

柳生は怒鳴り、たらりと背中を冷や汗が這うのを感じる。

なぜだ。なぜ自分は、この世で一番苦手な男と、この世で一番縁がないと思っていた
『育児』などというミッションを負うことになってしまったのだ。

——すべての発端は、一カ月ほど前にさかのぼる。

1

一カ月前、房総半島の山中。

切り立った崖のてっぺんに建てられた別荘は、血の臭いに満ちていた。

ひとけのない森の上に浮かんだ月が、美術館じみたコンクリート建築を白々と照らしている。いかにも趣味人の建てた建築物だ。貴重な車が何台も停まる大型ガレージの横を通り、開け放たれたままの玄関の奥をうかがえば、いくつものアート作品が鎮座している。

主や客人たちをわくわくする休日の予感で迎えるための、玄関ホール。

今は明かりの消えたそこに、乱雑に荷物が積まれていた。

ごろり、ごろりと転がるそれは、よくよく見ると血に濡れた人間だ。

この別荘を警備する人間は、全員血まみれの大荷物に変わってしまった。その仕事をした侵入者たちは、一階の広大なＬＤＫで四方を警戒している。

崖に面した大きなベランダからうっすらと月光が差しこむリビングで、サブマシンガンを構えた黒衣の男が、ヘッドセットに囁きかけた。

「……こちらオオタカ。屋上、二階、オールクリア」

『屋上、二階オールクリア、了解。リストは回収したか』

「まだです。引き続き回収を試みる」

『了解』

通信を終了した侵入者、通称オオタカが周囲を見渡し、LDKに散った仲間に合図をする。目的のものはまだ見つかってはいない。警備の人間はすべて倒したはずだが、いつどこから加勢が来ないとも限らない。

最低限の見張り人員以外を集め、最大限の警戒をしながら他の階を探らねば。

オオタカは、仲間たちが音もなく集まってきたのを確認し、地下への階段を取り囲む。

そこでふと、視界の端に違和感を覚えた。

「……？」

ちら、とベランダのほうを見やる。

ベランダには見張りの人員を配置しているはずだが、姿が見えない。

——いや、いた。

闇の中から現れた黒衣の姿は、確かに仲間だ。向こうもこちらに気付き、問題なしのハンドサインを送ってくる。オオタカはうなずき、そのまま地下へなだれこんでいった。

ベランダの仲間はそれを見送り、つぶやく。

「――ちょろいな」

冷たい声はどこか少年じみて高く、しかし少年にしては甘すぎる。

防弾チョッキに目出し帽、オオタカの用意した装備に身を包んでいるのは、柳生だ。

柳生哮。この場での通称は、ライ、という。

英語の『嘘』の意味だ。柳生は嘘を吐く。変装し、演じ、様々な他人に成り代わる。そして、殺す。それが柳生の生業であり、人生だった。

柳生はオオタカたちが地下へ潜ったのを確認すると、ベランダの隅に転がしてあったオオタカの仲間をベランダの外へ蹴落とした。毒針で仕留められた男の体はぐんにゃりとしていて、人というより水の詰まった袋のようだ。

蹴落とされた死体は、ベランダの外、切り立った崖の下へ落ちていく。

落ちて、落ちて、落ちて――水音すら聞こえないが、確かに海に呑まれた。

柳生は死体の行方を見とどけたのち、素早くベランダの手すりを掴んでぶら下がる。不用意に手を放せば海に真っ逆さま。この高さでは、海面はコンクリートと同じ硬さで人間の骨をへし折るだろう。

どんなアスリートでもひるむような状況で、柳生は、ぱっと手を放した。

ひゅうっと腹の底が寒くなる。恐怖心なのかもしれないが、この程度の恐怖で柳生の邪魔はできない。落下の途中で、柳生はベランダの外に設置されたメンテナンス用のはしごを掴む。そのましなやかな体を振り子のように揺らし、数を数えた。

「一、二、三……今」

機械のように正確に、柳生は地下一階のデッキに体を振り入れる。この階層は道路側から見ると地下にあるが、崖側は露出しているのだ。木製のデッキに、最低限の音を立てて着地。防音性にすぐれたこの家なら、オオタカたちに音は届くまい。

あとはできる限り素早く、目当てのものを奪取する。

オオタカたちよりも早く、自分が、この、柳生啰が奪取する。

それが、オヤジの望みだからだ。

柳生の瞳は暗闇の中で野生の肉食獣（にくしょくじゅう）めいて輝く。彼はデッキからアクセスできる木製のドアにとりつき、メタリックな花の装飾に顔を近づける。ほどなく、カチリ、と音がして、ドアは解錠された。網膜認証だ。自分がここを通れるということは、この別荘の主は、オヤジは、自分を信用してくれていたのだ。

最期の最期まで、柳生のことだけは、信用してくれていた。

そう思うと、柳生は胸の中に奇妙なぬるさが生まれるのを感じる。このぬるさが一体なんなのかはわからないし、正直あまり好きではない。柳生はクールでいるのが好きだ。

そうでなくては、ひとを殺す仕事などできないから。

柳生が素早く中に入りこむと、カチリ、と、施錠の音がする。室内はぼうっと青白く光る近未来的な空間で、床とベンチだけは木でできている。

　ここはオヤジお気に入りのサウナルームだ。

『こういう仕事で別荘まで建てられるやつは、めったにいない。趣味の別荘、しかも殺しの仕事のためなんかじゃない、ただの楽しい別荘だ』

　いつだったか、柳生はオヤジと並んで、このサウナに入った。そのときのオヤジはご機嫌で、いつもは決して言わないような、ゆるんだことを言ったものだ。

　柳生は呆れて、オヤジに苦言を呈した。

『やめてくださいよ、オヤジ。てっぺんに昇り切ったと思ったら、あとは落ちるだけになるじゃないですか』

『ライ、お前も言うようになったな。俺が拾ったときは、ゴミん中でぼーっとしてる、くちゃくちゃの汚いガキだったのに』

『オヤジはあのころから全然老けてません。これからも老けないでください。落っこちることなんか考えないで、どんどん昇ってってってください。この国を牛耳るくらいに』

　あのときの柳生は熱心にそう訴えた。ネグレクト被害者だった自分を拾って、育てて、仕事を与えてくれたオヤジは自分のすべてだったからだ。

　なのに、そのあと、オヤジは言った。

『そこまではやらんかもしれんな。俺はな、ガキができたんだ』

「……ガキなんか作るから、死ぬんだ」

柳生はつぶやく。視線の先には、棚に並んだアロマオイルがあった。

オヤジは死んだ。死因は知らない。死んだ、ということと、オヤジの遺言だけが組織の極秘連絡網を通じてもたらされた。柳生のすべてだった人は煙のように消え去って、使いかけのアロマオイルも、もう減ることはない。

「何者だ？」

低い誰何の声。

柳生ははっとして顔を上げる。油断した。

ベランダ側ではなく室内側から、オオタカたちがサウナルームにたどり着いたのだ。スモークグラスのドアの向こう、広い脱衣所に、完全武装のオオタカたちがなだれ込んでくる。サブマシンガンの銃口が、ガラスドアの向こうから柳生を狙う。

すぐに撃って来ないのは、柳生がオオタカの仲間の装備を拝借しているからだろう。

「お前は……」

柳生が敵か味方か、ためらうオオタカ。一か八か、柳生はオオタカに『後ろを見ろ』のハンドサインを送る。子どもの遊び、あっちむいてほい、だ。オオタカが騙されて後ろを向いたら、その隙に一気に奥へ走ろう、柳生はそう考えた。

結果は――オオタカは、振り返らなかった。

が、直後、彼らの背後に、ぬうっとした巨体の新手が現れる。

「っ！」

新手の気配を察し、オオタカたちがばらばらと振り返った。

柳生も新手の登場にぎょっとする。

「ロック……？」

あの個性的なフォルム、高すぎる身長と長い手足、そして大型肉食獣のようなオーラには覚えがある。通称、ロック。本名、我藤朝比（がとうあさひ）。同じ組織の殺し屋だ。

オオタカの部下たちが、一斉に我藤に銃口を向ける。我藤は少しもひるまないどころか、相手の射撃姿勢が整わないうちに、手近な銃身を摑んでひねり取った。そのまま、肘（ひじ）で敵の顔面に一撃。返す一手で、マシンガンの銃底を敵の顎（あご）に叩きこむ。

「がっ……！」

白目を剝（む）く敵。ばっ、と他のメンバーが銃を構えて距離を取る。

我藤は元から大きい目を見開き、白目を剝いた敵の襟（えり）元を摑んだ。

「おい！　サウナにもちこむのは、武器じゃない！」

間を置かず、銃声が響く。我藤は敵の体を片手で持ち上げ、自分の前に吊り下げた。弾のほとんどが、その体にめりこんでいった。

「サウナといえば、タオルだろうが!!　うおおおおおお!!」

我藤は叫び、肉の盾を吊り下げたまま、敵のただ中に突進していく。めちゃくちゃだ。理解できない。美しくない。

嫌悪と恐怖が入り交じったものを腹に溜め、柳生はサウナの奥へ駆けこんだ。背後のガラスドアに、びしり、びしりと銃弾が刺さる音がする。防弾ガラスになっている。もう一枚ドアを抜けて、柳生は超小型プールに出た。普段はサウナの水風呂として使われている施設だ。柳生は目出し帽を脱ぎ捨てると、大きく息を吸いこんだ。

そして、ためらいなく水風呂に飛びこむ。

うわっと全身が冷気に包まれ、ごぼごぼという泡の音が鼓膜に押し寄せた。水風呂は外からの見た目より恐ろしく深い。ダイビング用プール並みの深さを、柳生はぐんぐん潜っていく。明かりはほとんどなく、通常なら恐怖心に襲われるであろう場所だ。

それでも、柳生はやはりためらわない。沈む。沈む。沈む。

沈んで——横穴にたどり着いた。

そろそろ呼吸が苦しい。記憶の中で、オヤジが嬉しそうに話している。

『ガキってのは面倒だろ。うるさいし。実際、自分のガキも面倒なんだよ。でもなあ、なんだろうな、あれは』

うるさい。うるさい。うるさい。うるさい。うるさい。うるさい。

聞きたくなんかなかった。覚えていたくなんかなかった。柳生は子どもが嫌いだ。

オヤジの子どもは、特に嫌いだ。

『最新の、いい家電を買ったときみたいな気分になったんだよなぁ』

暗いトンネルを泳ぎ切り、さらに頭上の明かりに向かって必死に水を搔く。

「ぷは……！」

呼吸の限界が来る直前、柳生はやっと浴槽の水面から顔を出した。荒い呼吸を繰り返し、びしょ濡れのまま素早く体を引き上げる。今までとは打って変わって周囲が明るい。明かりが煌々と照らし出すのは、水色とピンクのタイルで彩られた浴室だった。

洗面器にはクマの絵がついているし、壁にはひらがな五十音シートが貼ってある。子どもの気配がする風呂場だ。この風呂場がサウナの水風呂と繋がっているとはオオタカたちも知るまい。むしろ、別荘にこんな場所があることすら極秘のはずだ。

オヤジの養子同然である柳生ですら、一度も来たことがない。

オヤジの秘密で、オヤジの弱点。オヤジの一番の宝を隠すための宝箱。それがここだ。

柳生は浴槽の底を閉じるボタンを押すと、辺りが濡れるのも構わず浴室を出た。洗面所も、廊下も、どこもかしこもパステルカラーで、動物柄のものに満ちている。柳生は周囲がなるべく目に入らないよう、目の前だけに集中して進んでいく。

本名も、出身地も、死んだ日付すら謎に満ちたオヤジ。彼に関することで確かなのは、オヤジが日本最大の殺し屋組織を束ねる立場だったということだけだ。殺し屋というと荒唐無稽にも聞こえるが、人類最古の職業のひとつは傭兵であるという。金をもらって殺す。その仕事の歴史は人類の歴史そのものといっていい。

表に浮かび、裏に沈み、それぞれの国、時代にあわせて、殺し屋組織は形を変えて存在し続けた。オヤジの組織は東京近郊と東北を守備範囲とし、『デカい殺し』だけを請け負った。浮気相手を殺せとか、憎い教師を殺してくれとかいう個人的な依頼は受けず、もっと街の治安や国の政治に関わるような殺しを行っていた――ということだ。

結果として、オヤジのもとにはパンドラの箱ができた。誰が誰を殺したがり、実際に殺したのかという秘密が集まったのだ。

ひとつもれただけでも世界が揺らぐ秘密、それがオヤジの『死者のリスト』。世界中が『死者のリスト』流出を恐れて彼を監視する中、オヤジはさしたる欲もなく生き続け、死んだ。

結果として、オヤジの死の情報が流れた瞬間、『死者のリスト』争奪戦が始まった。

オヤジお抱えの殺し屋たちの一部は、『死者のリスト』を求めてオヤジの隠れ家を端から襲撃している。オオタカもその一派だ。そうでない者たちは、他の組織からリストを持ち逃げするようオファーされたか、怨恨、その他を理由に襲撃を受けたと思われる。柳生も現在、ほとんどの仲間たちとは連絡が取れない。彼らの一部は一旦身を隠すなり、海外へ飛ぶなりし、一部は殺されたのだろう。

柳生も例外ではなかったが、彼には『逃げる』という選択肢はなかった。

彼はオヤジから秘密の連絡を受け取っていたからだ。この別荘に来て、隠された宝物を守るように任命された。自分はオヤジに望まれたのだ。ならば全力で期待に応えるまで。

柳生は長い廊下を通り抜け、デフォルメされたクマの顔が貼りついたドアにたどり着く。濡れた髪をかき上げてクマと視線を合わせると、メルヘンな効果音と共にドアが開く。ここにも、網膜認証が使われている。

「失礼します。ライ、到着しました」

オヤジに言うのと同じ口調で言い、柳生は部屋に踏みこんだ。

まぶしいほどの明るい光が降り注ぎ、柳生はわずかに目を細める。天井一面に明かりが仕込まれ、発光している。まるで偽物の空だ。その下には芝生を思わせるような緑のカーペットが敷かれ、大型玩具がいくつも置かれている。滑り台に、ボールプール。

そして、最奥の椅子に、人形が放置されていた。

少し茶色っぽい柔らかな髪。長めの前髪の下で、半分目を閉じた青白い顔の少年。ぐったりとした体には力が入っておらず、本当に死んでいるように見える。

「……犬星三也さん？　生きているなら、返事をしてください」

柳生は、オヤジから聞いた名前を呼ぶ。

初めてその名を口にしたとき、舌に苦みが走ったような気がした。

錯覚なのはわかっている。だが、苦い名前なのは確かだ。

犬星三也。オヤジの子ども。オヤジが死に、天涯孤独になった子ども。

オヤジは柳生にだけ教えてくれた。オオタカたちが探している『死者のリスト』のありかは、三也に託した、と。これが世間に知れ渡れば、三也は世界中から狙われる子どもになる。だが、柳生にとって大事なのはそこではない。三也がオヤジに、日本一の殺し屋組織の長に、世界一愛されたであろう子どもであることのほうが心に刺さる。

ゆるり、と自分の腕が腰に這うのを、柳生は感じる。そこには毒針のケースを収納してある。あらゆる種類の自然死に偽装できる毒を塗った針が、ずらりと並べられたケース。

三也を優しく抱きしめるふりで、その柔らかな体に針を突き立てる。

そうしたら、三也はいなくなる。

オヤジと同じように、柳生が今まで殺してきたターゲットと同じように、煙のようにこの世から消える。オヤジの最愛の息子はいなくなり、自分は残る。オヤジに拾われた自分だけがこの世に遺って、オヤジを悼む……。

「そこまでだ、ライ」

後頭部にこつん、と銃口が当たる。柳生は歩くのをやめ、振り返らずに答えた。

「案外早かったですね、ロック」

「当たり前だろう。俺の仕事のモットーは、早い、安い、上手いだからな」

柳生の背後に立ったのは、オオタカではなく、ロックこと、我藤だった。

敵から奪ったであろう銃を所持しているあたりから、この短時間でサウナルームを制圧したのだろう。戦闘能力だけは無駄に高い男だ、と柳生は思う。

だが、殺しの天才ではない。あんなやり方をしたら、すぐに追っ手が来る。

「ファストフードじゃあるまいし。僕はあなたが嫌いですよ、ロック」

嫌味な声を出すと、我藤も実に嫌そうに返してきた。

「安心しろ、俺もお前の陰湿なやり口は好きじゃない。俺の腿を針で狙うな」

「あなたが銃を下ろしたらやめます。ほら、三也さんがおびえてますよ」

実際に三也がおびえてるかどうかは確かめもせず、柳生が言う。

すると、我藤は思いのほか慌てて銃を下ろした。

「三也！　すまなかった。おじさんは悪い奴だけど、怖い奴じゃないからな」

微動だにしない三也の前に片膝をつき、我藤はせっせと主張する。

「俺は我藤朝比という。お前の父さんから、お前を守るように頼まれたんだ。とにかく、ここにいちゃ危ない。おじさんと一緒に逃げよう」

「…………」

三也は答えず、うっすらと開けた目で中空を見つめている。

驚いたのは柳生のほうだ。

「ちょ……ちょっと待ってください！　三也のお父さんって、オヤジですよね。オヤジがあなたに何を頼んだんですって!?」

冷静さをかなぐり捨てて我藤を問い詰めると、彼は片眉を上げて薄ら笑った。

「ほう。オヤジが俺に、遺言を託したのが気になるか？」

「オヤジの、遺言……？」

「そうだ。オヤジは自分の遺言を三也に預けた。おそらくは、『死者のリスト』のありかについてだろうな。俺は三也を保護し、オヤジの遺言を聞き出して『死者のリスト』をオヤジの遺志どおり処理する。お前は知らなかっただろうが、それがオヤジから俺への最期の指令だ」

「違う！　それは僕に対する指令です！　僕も、まったく同じ指令を受けている！」

衝撃で目の前がちかちかした。柳生は前のめりになって我藤を怒鳴りつける。こんな態度は殺しの天才らしくないが、もはや天才だのなんだのと言っている余裕はない。とにかく目の前の間違いを正さなければならない。

「どういう間違いであなたがそんな指令を受けたのか、はたまた受けたふりをしているのかは知りません。でも、とにかく間違いです。オヤジは僕を、僕だけを信頼してくれていました。遺言と三也さんを預かるのは、この僕だ！」

必死に言いつのるものの、我藤は平然としていた。

「お前がオヤジに育てられたのは知っている。だが確かに俺も指令を受けているんだ。俺もオヤジにはどん底から引き上げてもらった恩がある。最期の指令は全うする」

「話にならない……」

柳生は吐き捨て、きゅっと目を吊り上げる。

この男は信用できない。オヤジが信じたのは自分だけ。我藤は嘘を吐いて三也とオヤジの遺言を奪おうとしている、敵だ。

殺すしかない。

「なんだ、そんないい顔ができるんじゃないか。最高に色っぽい」

我藤が大きな口でにんまりと笑う。不思議なくらい邪気のない笑みだった。が、瞳は明らかに獰猛(どうもう)な色に輝いている。

こいつを、殺せるか？

柳生は我藤の全身を視線で撫(な)でる。銃はベルトの後ろにもう一丁だけ。ブーツに仕込みナイフ。武器はせいぜいそれくらいだが、彼は体そのものが凶器だ。抑制するのをやめた途端に、弾けるようにこちらへ飛び出してくるだろう。

何かを犠牲にするしかない。銃を抜くブラフで腕を一本くれてやり、その隙に相手の足下に転がりこんで、針を突き立てる――。

そのくらいの覚悟があれば、おそらく、いける。

死んでも、こいつを殺す。

「……やだ……」

柳生が動こうとした、そのとき。

か細い声が辺りに響き、柳生と我藤は同時に息を呑んだ。

「三也さん」

「三也」

それぞれに同じ名を呼ぶ。視線は椅子に座った子どもに向いていた。

さっきまで人形のように見えていた子どもは、顔をくちゃくちゃにして泣いている。びっくりするほど無様な顔だ、生きてはいるが美しくない、と柳生は思った。

「殺しちゃ、やだ。殺しちゃ、やだぁ」

くちゃくちゃになった顔を、大粒の涙が転がっていく。

見ているうちに心臓がざわつき始めて、柳生は奥歯を噛みしめた。オヤジの指令でなければ、今すぐ殺してしまいたい。我藤よりも、まずは三也を。そうすればきっと、この不快感からは逃れられるに違いない。

だが、できない。できるわけがない。

柳生にはオヤジがすべてだ。死んでいても、オヤジがすべてなのだ。

息を吸って、吐き、自分の感覚を遠くへ押しやる。どんな不快でも、痛みでも、無視する訓練は受けてきた。冷たくきれいな顔を取り繕って、柳生は我藤を見る。

「……さすが、オヤジの子どもだ。殺気に敏感ですね」

「そうだな。ひとまず、三也と一緒にここから脱出するほうが先だろう」

我藤からも先ほどのぎらつきは失せていた。柳生は嫌々うなずく。

「ええ。で、脱出したあとはどうします？　三也さんは渡しませんが」

「俺も渡さん。となると……俺とお前、しばらく一緒に行動するしかないようだな」

我藤は言い切り、じっと柳生を見つめる。

柳生も、じっと我藤を見つめ返す。

互いに、互いを信じていないことはよくわかった。殺し屋は誰も信じない。

それでも、側に居れば相互監視が容易だ。互いが互いを監視しながら、相手より先に三也から遺言を奪取する。これから始まるのは、そういったレースである。

——以上が、柳生と我藤の共同作戦が始まったいきさつだ。

死んだオヤジの遺児を守り、遺児に託されたというオヤジの遺言を聞き出す。そして、その遺言を執行する。困難であろうことはあらかじめ予想がついた。

しかし、実際にミッションに取り組んで一カ月が経った今、二人は想像外の困難にぶち当たって困惑している。

彼らを悩ませる最難関のミッション。それは、四歳児の子育てだった。

2

オヤジの別荘から三也を救出した柳生と我藤は、ひとまず街に身を潜めた。

二人だけならば山だろうが繁華街だろうが、どこでも生きていける。

問題は三也である。

——いいか、柳生。俺たちは三也からオヤジの遺言を聞き出さなきゃならん。そのためには、三也の信頼を得なきゃならん。だからまずは普通に暮らす。

そう言って、東京と埼玉の県境近くの団地暮らしを推したのは我藤だった。我藤と柳生、三也の三人で一般人のふりをして暮らす。その発想に、柳生は二の足を踏んだ。

——三也さんの信頼を得るのは確かに大事です。でも、そのためにどうして『普通に暮らす』という発想になるんです？

——そんなこともわからんのか。三也はオヤジを亡くしたんだ。まずはショックを癒やしてやらなきゃならん。子どものショックを癒やすには『普通の生活』が必要なんだ。普通の家に住んで、俺たちが家族になってやる。他にどんな手がある？

——そもそも僕は『普通の生活』なんてしたことがないんです。それでも幼少期のショックからは立ち直って、立派な殺しの天才に育ちましたよ？

冷笑交じりで告げた柳生に、我藤はふと真顔になって言った。

——そうか。すまなかった。なら、お前とも家族になってやる。

……ますます意味がわからない。意味がわからないながらも無性に腹が立ったが、そのタイミングで三也が派手に泣き叫んだので二人は休戦した。

何度か論争を繰り返したのち、柳生はひとまず我藤の案を受け容れた。

『普通の生活』はともかく、子どもを連れて逃避行をするわけにもいかない。ある程度落ち着いた生活の中で我藤よりも早く三也と仲良くなり、抜け駆けしてオヤジの遺言を聞き出せばいいのだ。我藤はそのあとに始末すればいい、という結論に達したからだ。

方針が決まってしまえば、柳生も我藤も手際はいい。住むところを確保し、仮のプロフィールを用意し、四歳児の普通の生活に必要なものを用意した。着るもの。おもちゃ。本。殺し屋としてため込んだ報酬を使えば、調達は簡単だ。

ただひとつだけ、大人二人だけでは用意できないものがある。

それは同年代との遊びの場。これがなくては、『普通の生活』は成り立たない。

◇

「遅くなりました、おはようございます！」

柳生は門の向こうめがけて、目いっぱい爽やかな声を上げた。

「おはようございます、常和です」

妙にダンディな低音で挨拶するのは我藤だ。

二人の目の前にあるのは古びた洗い出しの門柱。打ち付けられた金属プレートには「きらぴか幼稚園」とある。格子状のすかすかの門扉の向こうには幼稚園の園庭が見え、きゃあきゃあ、わあわあという子どもたちの歓声が木霊していた。

我藤と柳生、二人の一流の殺し屋は、結局二人がかりで三也の登園に付き合っている。

園に着くなり、柳生は鋭い視線で周囲を一瞥した。

門柱上部には監視カメラがあるが、セキュリティらしきものはそのカメラ一台と、門のかんぬきのみ。ザルどころか枠しかない安全管理だ。あらかじめ周辺の幼稚園すべてを調べ上げはしたが、どこもセキュリティは甘かった。半端に甘いよりは、めちゃくちゃに甘いほうが柳生たちが忍び込んで三也をかばいやすい。

そんな判断で選ばれたのがきらぴか幼稚園だ。園舎の外観も謎のお城風なせいででこぼこが多く、よじ登るのもたやすい。ざっと見であらゆる教室への侵入経路が二十も三十も確認できたため、柳生は考えるのをやめた。

そうしているうちに、掃きだし窓からよろよろと教員が現れる。

「おはようございます、常和さん。三也くんも、おはよう〜」

常和は柳生と三也の偽名である。柳生は素早く教員の状態をチェックした。

ピンクのエプロンをし、肩までの髪を一本縛りにした二十代女性。子犬を思わせる愛嬌のある顔は事前チェックした教員名簿の中にあった。年中担任、相生さやか。独身。

小柄でほどよい肉付き。運動経験のある健康体だが圧倒的な寝不足と見える。

寝不足の人間の能力は全体的に低下する。どうして元気いっぱいの子どもたちの監督業務という困難な仕事に挑むのに、こんなコンディションで出てきたのか。

プロ失格だな、と思う柳生の横で、我藤は誠実そうな表情を作る。

「初日から遅くなって申し訳ありません。お着替えに時間がかかってしまいまして」

「いいんですよぉ。ご自宅からは、歩くと結構かかりますもんね？」

「はい、五分ほどですね」

「五分」

さやか先生は不思議そうな顔で固まった。

ぎろり、と我藤を睨みたい気持ちを、柳生は必死に抑える。一般的に、団地から園までは十五分はかかる距離だ。柳生はあくまで優しそうな笑顔でフォローする。

「僕ら、元陸上部なんですよ」

「なるほどー」

　さやかはあっさり納得したようだ。実際は二人して三也を抱え、ありとあらゆる裏道を駆使して全力疾走したのだ。殺し屋の通り道は一般人の思う道ばかりではない。おかげで三也は乗り物酔いに近い状態で青い顔だが、いずれ治るだろう。

　柳生は三也を前に押し出す。

「ほら、三也も挨拶して」

「……にゃー……」

　無表情で鳴く三也の胸では、スイカ猫が微笑（ほほえ）んでいた。ぎりぎりで着替えもできたし、登園も多少遅刻した程度。初めてにしては、自分たちはよくやったのではないだろうか。

　柳生は自分を褒めようとしたが、三也はもぞもぞと柳生の後ろへ回ってしまう。

　すかさずその場に膝（ひざ）をつき、柳生は三也の肩に手を置いた。微笑んで顔をのぞきこむが、三也の顔からは感情が読み取れない。ひとの感情を読むのが得意技の柳生なのに、これなのだ。三也は感情を見せないよう、オヤジに訓練されているのかもしれない。

　となればやはり、地道に信頼を得るしか遺言を聞き出す手段はない。

　柳生は淡い焦りを腹に抱き、にこりと笑って見せる。

「どうしたんだい、三也。ここにはお友達がたくさんいるし、美人の先生もいるよ」

「…………」

三也は黙ってむくれたままだ。

さやか先生は後ろを向いてごそごそやったのち、三也の顔をのぞきこんだ。

「慣れない場所でご機嫌斜めかなぁ。三也くん、さやか先生だよ〜」

「ひっ！」

顔を上げた三也は、さやか先生の顔を見て悲鳴を上げた。

三也より一瞬前に顔を上げた柳生は、笑顔を静かに引きつらせる。なぜなら、さやか先生の顔には異形の面がくっついていたから。紙でできたまん丸なお面の上ではあらゆる色がにじみ、入り混じり、真っ赤な鼻から流れ落ちた色が鼻血じみて下半分を覆(おお)っている。

柳生は笑顔のまま、超高速でさやか先生の面を叩き落とした。

「あっ、取れちゃったぁ。って、このお面、水でにじんですごい顔になってる！」

さやか先生はよたよたと面を拾い上げると、ぎょっとした様子で言った。

……不安だ。この状態の先生に三也を預けていいのだろうか。家で保護していたほうがいくらかマシなのではないか。柳生にできるのはさやかを誘惑するか脅迫(きょうはく)するかして、彼女のポテンシャルを最大限まで利用することくらいだ——と柳生が思った、そのとき。

横から誰かが割りこんできた。

「さやか先生ってば、なんて芸術的なお面なの！　あたし、感動した！」

「あ、沢田(さわだ)さん」

今度は誰だ。柳生は顔に笑みを貼り付けたまま、割りこんできた女性を見る。歳は五十歳過ぎか。水色のエプロン姿は教員というより近所のおばちゃんそのものだ。

「あの、沢田さんは保育手伝いの……」

さやか先生は説明しかけるが、沢田さんと呼ばれた彼女は容赦なくさやか先生を押しやった。そのまま三也に声をかける。

「あとは任せて。三也くん、滑り台と、お絵かきと、森探検。どれが好き？」

「……森……？」

今まで柳生の腕に顔を伏せていた三也が、ぴくりと反応した。

沢田さんはすかさずうなずき、にこにこと三也に話しかける。

「そう、この幼稚園、裏に森があるのよ。奥のほうには、秘密の畑と、秘密のお寺も」

「ひみつ。どこ？」

三也は小さな声で聞き返し、自分から沢田さんに寄っていった。

急展開に、柳生は慌てて荷物を突き出す。

「あの、三也の荷物はどうしましょう。すべてこの鞄の中にあると思うんですが、もしも足りなかったら……」

「いいよ、なかったら幼稚園のものでどうにかするからねっ！」

気さくに返したのち、沢田さんは柳生と我藤を不思議そうに見比べた。

「えーと、お二人は……パパとパパ？」

急な問いにも、柳生は微笑み返す。こんな問いは想定内だ。設定は完璧にできている。

「僕らは同居中の従兄弟（いとこ）なんです。三也の父は僕の兄でして。その、事故で……」

「あらあ、ごめんなさいね。無神経で」

沢田さんは慌てた様子で口に手を当てた。その目に同情の色が浮かんだのを見て、柳生は長いまつげを伏せてうつむいた。この角度が一番儚（はかな）く見える。

そうしていると、我藤の大きな手がぽん、と肩に乗った。反射的に「何をなれなれしくしているんですか」とはたき落としそうになり、柳生は必死に自分を制する。

我藤はそのまま沢田さんを見つめ、甘く目を細めた。

「今、三也を育てているのは彼と僕です。三也は僕らの子どもですよ」

僕ら、とひとくくりにされると、本気で鳥肌が立ちかけた。

いけない。プロならばこれくらいは耐えなければ。普段ならこのまま目を潤ませて我藤を見上げることくらいはできるはずだ。が、この男相手には絶対嫌だ。

柳生はせいぜいうつむいて、表情のアラが見えないように心がける。

「そっか、男二人で頑張ってるんだ……」

沢田さんは同情的に言い、柳生が渡した荷物の中を見た。

そしてしばし沈黙したのち、ばっと顔を上げる。

「ちなみに、料理できるのはどっち？」

「……俺か？」

我藤が柳生を見て聞いてくる。

いつあなたが料理をしましたか、と毒づきたい気持ちをねじ伏せて、柳生は囁いた。

「早い、安いの感覚で料理なんかできるわけないでしょう。食中毒が怖すぎる」

「俺はやればできる。お前だって、料理してるところなんて見ないぞ」

「それは効率的じゃないからですよ。手作りしてなんになります？」

「確かにあまり意味はないが……」

「意味はなくても、価値はあります！」

沢田さんがきっぱりと割りこんできたので、我藤と柳生は小声の口論をやめた。

沢田さんはすっと二人に近づくと、早口の小声で話しかけてくる。

「子どもってお弁当の時間が楽しみなのよ。テンションがあがって隣のお弁当をのぞきこんだりもするのよね。あなたも小さいころ、したでしょう？」

「はあ」

そもそも幼稚園に行っていない、とも言えず、柳生は生返事をする。

沢田さんは三也の鞄から、ビニール袋に密閉されたサンドイッチをちらっと取り出して続ける。

「そこで袋入りのパンとかだと、三也くん恥ずかしくなっちゃうのよ」

なんだ、その理屈は。戸惑いながら、柳生と我藤は必死に反論を開始する。

「恥ずかしい、ですか……？　効率的ですし、子どもの好物が入っていて……」

「そうですよ、俺も子どものころの好物はサンドイッチで……」

「あなたはあなた、三也くんは三也くん！」

沢田さんはきっぱりと言い、小声のまま一気にたたみかけてきた。

「三也くんに恥ずかしい思いをさせたら、食べ物にも嫌な思い出がついちゃうじゃない。好きなものだけ与えたら偏食になるかもしれないし、ビタミン不足は風邪を引くし！」

「風邪は誰でも引きますが……」

「そうだな。手作りしたからといって、薬物が混入されるわけではない……」

徐々に語気が弱まる二人の反論。

一方で、沢田さんは猛烈な圧力のオーラを背負いながら、柳生と我藤の肩を持つ。

「料理が苦手なのはわかった。子どもたちは、苦手なことでも頑張るの。だからあなたたちも、頑張ってね！」

「…………」

「…………」

柳生も、我藤も、真っ白であった。

今まで殺し屋のエリートとして生きてきた二人には、それなりのプライドがある。

まさか、弁当ひとつでここまで言われるとは。今まで培ったものをコテンパンにぶちのめされ、手作り教を布教されるとは。一体こいつは何様なのか。

ひとまず沢田さんを今すぐ殺したい。

視界の端の我藤からもじわりと漂う殺気を感じ、柳生は安堵する。

やっとこいつと気があった。

——殺す。

「やっ！」

「……三也さん」

辺りに響いた甲高い声で我に返り、柳生は足下を見る。

ふわふわ頭の三也は、大きな目いっぱいに涙を溜めて柳生を見上げている。

「どうした、三也。大丈夫だよ」

柳生は笑い、我藤もにこにこと三也の前にしゃがみこむ。

「そうだ、パパたちは先生と喧嘩してるんじゃないぞ」

三也は我藤のことを睨み上げ、小さな口で主張した。

「殺しちゃ、いや！」

柳生は、ひやり、と背筋が冷たくなったのを感じる。我藤が口を開き、何も言えずにしばし固まったのが見える。

あの別荘のときと同じだ。三也は柳生と我藤の殺気を感じ取っている。さすがオヤジの子どもと言っていいだろう。殺気の察知能力にかけては、三也はプロフェッショナルのレベルだ。さやか先生と沢田さんは、いきなりの三也の発言に驚き、様子を見ている。すべてを冗談めかして済ませたいところだが、それでは三也が納得しないだろう。

柳生はぎこちない笑みを浮かべ、自分も三也の前にしゃがみこむ。

「どうしたの、三也。僕は誰も殺さないよ」

視線を合わせると、三也は小さな眉間(みけん)に皺(しわ)を寄せて聞いてくる。

「ほんとに？」

三也の顔は真剣だった。その目を見ていると、柳生の心臓にはまたじわじわと奇妙な感覚が宿る。その感覚を押し殺しつつ、柳生はうなずく。

どうせ子ども相手の約束だ。明日になったら忘れているに違いない。ここは真剣に約束するふりをして、三也の歓心を買う。それが一番手っ取り早く話が進むし、先生たちへのフォローもしやすいと思われた。

「ほんと。三也の、お父さんに誓う」

三也の父、そして、柳生の育ての親。

オヤジが、柳生のすべてだ。

その存在に誓うというのは、柳生にとっては一番重い約束に当たる。

柳生の言葉に、三也の大きな目はゆらりと揺れた。三也は少し体から力を抜き、柳生と我藤を見上げる。そして、途切れ途切れに言葉をつむいだ。

「うそついちゃやだよ。殺したらぜっこーだからね。一生、おしゃべりしないから」

「一生……おしゃべりしない？」

柳生は衝撃のあまりつぶやく。一生おしゃべりしない。それすなわち、オヤジの遺言を一生聞けない、ということ。そんなことになったら、二人の任務は完全に失敗する。

一気に柳生と我藤の間の空気はひりついた。

「大丈夫だって、三也くん。お父さんたちが人殺しなんかするわけないよ～」

さやか先生はぼやぼやと声をかけるが、我藤は必死の形相で三也ににじり寄った。

「三也、考え直せ。さすがにこれから一生絶対殺さないはキツいんじゃないか？　長い人生、何があるかわからんし！」

「だめ。一生じゃないと、ぜったいだめ！」

「そうか……」

四歳児に睨まれ、我藤はしゅんとしてしまった。

柳生はというと、とてつもない無力感にさいなまれている。目の前の世界がすうっと狭くなり、選択肢が閉ざされていく感覚。柳生はオヤジに殺しの技しか仕込まれていない。

他のことに関してはまったくの素人なのだ。

素人として三也を育て、守り、『普通の生活』を送る……？

「……俺は、やる」

隣から、ぼそりと我藤の声がした。見れば、うつむいたままの我藤の目はギラギラした光を取り戻している。

我藤はちらりと柳生を見ると、重く静かな声で宣言する。

「俺は、誰も殺さずに、すべての問題を片付けてみせる。お前はどうする？」

言葉に挑発の気配を漂わされれば、柳生の心も奮い立った。

この男にできて、自分にできないわけがない。自分は殺しの天才だ。そして唯一、オヤジに育てられた男でもある。柳生はぞっとするような色気を漂わせて微笑む。

「受けて立ちますよ、この挑戦。僕は、天才ですから」

しゃがみこんだままぼそぼそと語り合う男二人に、沢田さんはうんうんとうなずいた。

「やる気が出たようで何よりよ。さて、三也くんは森探検、いこっか。あたしが隊長。三也くんが副隊長だ！　おー！」

「おー」

三也が小さな拳を突き上げ、沢田さんの後についていく。

残された殺し屋二人……今は父親二人は、こっそり立ち上がってさやか先生に頭を下げ、園から撤退した。

◇

「帰ったか！　どうだ、弁当作りの材料はそろったか？」

園から戻る途中で、我藤と柳生は役割分担を決めた。

我藤は表の仕事で収入を得る。柳生が家事と育児を担当する。

ざっくりとした役割分担だが、手に表の職があるのは我藤のほうだから、順当な割り振りともいえる。が、買い物から帰ってきた柳生は、すでに微妙な気分だった。

玄関からDKに続く扉を開けて、さも嫌そうな顔で食卓を見る。

「それより先に聞きたいことがあります。一体何をしてるんですか？」

「仕事の前のトレーニングだ！」

「この音楽は？」

「魔女っ子戦隊ネオ・プリティの主題歌だが……ひょっとして、知らんのか？」

彫刻めいて精悍（せいかん）な顔を不思議そうにゆがめ、我藤は聞く。

彼は食卓に置いた三つのモニタに魔女っ子アニメを映してトレーニングをしていたらしい。というか、今もしている。言いたいことだけ言ったのち、恐ろしい勢いの腹筋運動を再開する。それを見るだけで、柳生はどっと疲れた。

「空気を吸ったことのない人類を見つけたような顔をしないでください。あなたがどんな趣味を持とうが勝手ですが、自室でこっそりやってくれませんかね」

「俺はお前の趣味をひけらかされても文句は言わん。それに、俺のこれは仕事の一環だ」

我藤の言うことは嘘でも冗談でもない。トレーニングは殺し屋としての肉体を衰えさせないためだし、アニメを観るのは業界研究だ。

我藤の表向きの仕事は、イラストレーター。多数の画風と塗りを使い分け、ほどほどのクオリティのアニメ系イラストを超高速納品することで、かなり重宝されているらしい。

「さて、次は仕事の前の絵描き体操だ」

飛び起きた我藤に皮肉を言おうとした、そのとき。

ぴんぽーん。

玄関から、間の抜けたドアホンの音がする。

柳生はため息を吐く。

「僕が出ます。我藤さんの顔は一般受けが悪いですから」

「お前は相変わらず近眼すぎる。まあ、実際俺に女性遍歴はあまりないが」

無駄に色男のくせにそこはないのか、と言い返したい気持ちを呑みこんで、柳生は玄関に出る。のぞき窓から外を見ると、恰幅のいい中年男性がたたずんでいた。特に危険はないと見て、柳生はドアを開ける。

「はい、どちらさまでしょう?」

「あ、こんにちは。君、ここに住んでるひと?」

秋も深まってこようというのに、白いTシャツに安い灰色のスラックス姿の中年男だ。鍛えられていないどころか、ここのところろくに運動もしていないであろう、だらけた体が透けて見える。表情から読み取れるのは、嘲笑。自分より弱い者を踏みつけたい欲。

ならば自分は弱々しい若者を装って、びくびくと頭を下げよう。

相手の望む人物像を演じることこそ、相手の心の隙間に入りこむ秘訣だ。

「ええ、最近引っ越して来たんです。ご挨拶に回れなくてすみません」

「いや、それはいいんだよ。私、隣とかじゃなくて、向かいのマンションの者だから」

ならばどうしてここまで来たのか。かえって不審だ。それでも柳生は微笑み続ける。

「向かいですか。一応ご近所さんですね」

「うん、ゴミ置き場も近いしね。それでね、今日朝、燃えるゴミの日だったじゃない?で、これ、燃えないのよ」

男は言い、ポケットから金属製の蓋を取り出した。我藤が飲んでいた栄養剤の蓋である。

これがなぜ、この男の手に?

「それは僕が捨てたものですか?　あなたは僕がゴミを捨てるところを監視し、ゴミ袋を開け、僕が帰ってくるところを待ち構えて、蓋を持ってきた？」

暇か？　と言いたくなるのを呑みこんで、柳生は言う。

「えっ、あ、まあ、そうだけど……」

男が若干退き気味（じゃっかんひ）になったのを見て、柳生はすぐにびくびくした態度を取り戻した。

「すみません、それだけ気を遣っていただいたというのに、僕、気付きもしなくて……」

そう。柳生はこの男の監視に気付かなかった。プロの監視ならば絶対に気配でわかる。隙だらけで、逆に網にかからなかったのだ。

監視のためにどこを選ぶのかも見当がつく。が、この男はあまりにも自然体というか、隙だらけで、逆に網にかからなかったのだ。

男はほっとした様子で笑みを取り戻す。

「いやいや、そんなに恐縮されるほどのことでもないんだよ。わざとじゃないのだろうし、別に私はそんなに偉い人間っていうわけでもないしさあ。しかし君、若いのに平日に家にいるんだねえ。最近流行のリモートワークかい？　あれってサボっててもわからないんだろう？　楽だよねえ、今の若い人は」

「ふがいなくてすみません。本当に、先輩方におんぶに抱っこで生きていて……」

柳生はひたすらに頭を下げ続ける。男はまだまだ喋（しゃべ）り続けようとしたが、やがて外階段のほうから地を這（は）うような叫びが響いてきた。

「おおおおおおおおおおお！」

「うわっ、なに、あれ？」

ゴミ出しチェック男が、びくりと震える。

柳生はわずかに警戒して外階段のほうをうかがう。

「わかりませんが、こちらに来ますね」

「そ、そうだね。そうだよね。じゃ、私はこのへんで！」

すっかりうろたえたゴミ出しチェック男が、建物中程にあるもう一本の階段から駆け下りて行く。柳生は素早く扉を閉めて、雄叫び(おたけ)が近づいてくるのを待った。

「おおおおおおおおお……お、ここか」

雄叫びは柳生たちの部屋の前で止まった。

すっかり息を切らし、ハスキーになってはいるが、若い女の声だ。

柳生がのぞき穴から外をうかがおうとすると、急に視界がなくなった。外から何か貼られたらしい。がさがさと紙の音が響き続けたのち、重くなった足音が遠ざかっていく。

足音がすっかり聞こえなくなったのを確認して、柳生は扉を押した。

べり、と透明テープのはがれる音がして、わずかな抵抗と共に扉が開く。

通路に出てみれば、ピンク色だったはずの鉄製ドアが紙で覆われていた。

薄っぺらいコピー用紙には手書きで『うるさいうるさいうるさいうるさい』『こどもゆるさない』『足音があり得ない、動くな！』『声が甲高い頭に響く』『警告　次はこのドアを厳重に密閉します』などと殴り書きされている。

柳生はまじまじと張り紙を眺めたのち、すべてを静かに取り除いた。

張り紙の残骸(ざんがい)をかき集めてＤＫに戻ると、我藤は食卓で液晶タブレットに向かっている。

我藤は猛然とペンを動かしながら聞いてきた。

「どうした。色気と殺気がダダ漏れだぞ」

「見てください」

我藤が振り返ったタイミングで、柳生は張り紙を突きつける。

我藤は受け取り、眉間に皺を寄せて一通り張り紙を確認した。

「これは……三也のことか？」

「うちに他に子どもがいたら、それはおそらく地縛霊です」

「ふむ。で、一般的に子どもというのは泣いたり叫んだりしやすいし、小走りになりやすいし、生理的に声は高いな？」

「全部当然のことですよ。三也さんが特別おかしいわけじゃない」

柳生は吐き捨てた。二人はしばし沈黙する。

殺し屋の仕事中、普通のマンションやアパートに身を潜めることは年中あった。そういうときは極力目立たないように心がけるので、クレームなど来たことがない。

しかもこのクレームは、なんというか……。

「理不尽すぎんか」

「理不尽すぎます」

二人はほとんど同時に言い、再び黙りこむ。

我藤はゆっくりと張り紙を丸め、腰に響く美声で告げる。

「死人はクレームを言わん。手っ取り早く刺殺で行くか。駅前の繁華街辺りで」

声に潜む殺意が心地よい。柳生はほっとした気分で答えた。

「それでは警察がはりきります。ここは殺しの天才である僕の出番でしょう。誰から見ても自然死に仕立て上げますよ。恋に破れて、ここの屋上から自殺した風とか」

「なるほど、それなら警察は納得しそうだ。問題は……」

「僕の計画に問題なんかありませんよ」

今さら何をためらっているのか。柳生はイライラと聞く。

我藤はしばし悩んだのち、柳生を真剣に見つめた。

「三也との約束に反する」

三也との約束。すなわち、一生人を殺さない、というものだ。

柳生は軽く顔をしかめる。

「上手(うま)くやればバレません。僕らはプロです」

「三也も、俺たちの殺気を見抜くプロだ。万が一殺人がバレたら、遺言は手に入らない」

我藤に真剣に言われてしまうと、柳生にもためらいが生まれた。オヤジの遺言を失うことは、オヤジを裏切ることと同じだ。

柳生はきゅっと唇を嚙んで腕時計を見た。時間はあっという間に過ぎていく。幼稚園は十四時過ぎには終わるから、お迎えの前に家事などを進めておくのが『普通』のはず。

「ひとまず殺人の件は棚上げし、昼食を作ります。『普通の生活』もできるところを、三也さんにアピールしないと」

柳生は強制的に気分を切り替え、買い物袋の中身を食卓とシンク横に並べていった。内容は、手作り弁当の本と、弁当に使えそうな材料諸々。そしてブロッコリーだ。

我藤はまたタブレットに向き直る。

「俺はこの仕事を納品する。三也の食費を支えねばならんからな。ついでにお前のも」

恩着せがましい台詞にぞっとした。柳生はシンク下から果物ナイフを取り出し、なめらかな所作で我藤に投げる。我藤はナイフのほうを見もせずに、食卓上の料理本で顔をかばった。飛んだナイフは料理本の真ん中、沢田さんによく似た料理家の顔に刺さる。

「我藤さん。僕はあなたが嫌いです」

柳生が吐き捨てると、我藤はにやりと笑って答える。

「安心しろ。家族が愛し合わねばならん法はない」

◇

それから三日後。柳生は、あっさり限界を迎えていた。

「おかしい、僕ともあろうものが……」

早朝六時、食卓についてぼんやりしている自分に気付き、柳生は立ち上がった。

やることは山ほどある。まずは弁当の下ごしらえだ。

料理というものは調べれば調べるほど正解がわからない。子ども向けのものは薄味で素材の味を生かし、毎食バリエーションをつけなくてはならない。加工品と添加物は敵。冷凍は愛がない。食べやすく砕いたり柔らかくゆでたりする一方で、よく噛ませないと肥満しやすくなるので配慮する——などなど、先人の知恵は数限りなく、矛盾（むじゅん）も多い。

何を信じていいのかさっぱりわからず、柳生は疲弊（ひへい）していた。人殺しには正解がある。相手が死ねば正解で、殺し損ねれば失敗だ。だが、料理の正解は謎すぎる。美しくできたからといって美味（おい）しいわけでもないし、美味しいから三也が喜ぶわけでもない。

「殺すだけなら楽なのにな」

ぼそりとつぶやいて冷蔵庫を開けた。そこは以前よりずいぶん彩りを増していたが、柳生は見ているだけで気分が悪くなる。ブロッコリー。ブロッコリーだけでは、駄目だろうか。自分はサバイバル時以外なら、栄養補助食品とブロッコリーしか食べたくないのだ。

柳生の手は自然と、野菜室のブロッコリーに伸びてしまう。

「……駄目だ。三也さんはブロッコリーが苦手だし、今日は五種の野菜入りハンバーグを焼く予定だったはず」

どうにか自分に言い聞かせ、ブロッコリー以外の野菜を五種類切り刻む。

そうしているうちに、背後から声がかかった。

「……みみこ」

柳生は大急ぎで振り返る。

三也だ。パジャマ姿の三也が、襖の隙間からこちらを見ている。彼が自分から声をかけてくれたのは、初めてだ。心がわずかに明るくなり、柳生は微笑んだ。

「三也さん、おはようございます。みみこってなんですか？」

「…………にゃ」

三也はつぶやき、ＤＫの向こうの部屋を指さす。

つられて見ると、そこには洗濯物がぶら下がっていた。

柳生たちは最初、古い３ＤＫを我藤の部屋、柳生の部屋、三也の部屋、と分けた。が、柳生は押し入れに変装道具と服、その他暗殺用品をしまったらそれでおしまい。置くような家具はなかったため、がらんとした部屋は部屋干しに使われるようになった。

三也は吊るされた長袖Ｔシャツの一枚を指さし、言う。

「みみこ、しんだ？」

「えっ。この、シャツがですか？」

虚を衝かれ、柳生は聞き返した。見れば、三也の顔色はどことなく青ざめている。

「うん。かおいろ、わるい」

シャツを指さして言う、その声もどこかこわばっている。

柳生は慌てて洗濯物を確認する。三也が指さしているのはスイカ猫のシャツだ。きれいに洗ったはずだが、顔がうっすら灰色に汚れている。

「洗ったはずなのに、汚れが落ちていない……」

柳生は呆然とつぶやいた。幼稚園初日以来、三也はなぜかこのスイカ猫を気に入っている。できるかぎり毎日着たがるので、昨日も泥々にして帰ってきたのを大急ぎで洗って乾したのだ。なのにこの汚れはなんだ。

柳生はがっくりしたが、ここで自分が崩れてはいけない。三也の機嫌を取らなくては。せいぜい笑顔を保ち、スイカ猫シャツをひっぱって見せた。

「まさか、死んでませんよ。まだまだ着られますし、所詮はシャツですし！」

「にゃー……」

しおしおと目を伏せる三也。あどけない顔に、伏せられたまつげが悲しそうだ。

まずい。このままでは三也の機嫌を損ねてしまう。問題なのはシャツの汚れ。ただ単にそれだけだ。ならばきれいにすればいいはず。

柳生は、力をこめて言い切った。

「どうにかします。僕が、このシャツをきれいにしてみせます」

「…………ほんと?」

三也がじっと柳生を見上げてくる。

幼い瞳にあるのは、疑いだ。これくらい騙しきれなくてどうする。

柳生は三也の前に膝をつき、極上の微笑みを見せる。

「本当ですとも。約束します。みみこは死んでません。僕が蘇らせますから」

途端に、三也の瞳に光が宿った。きらりと光ったものがみるみる広がっていき、何かが芽吹いたかのように表情が柔らかくなる。嬉しい。好き。たったふたつの感情が彼の顔の上でぴかぴか光る。

そのまばゆさ、そのあっけなさに、柳生はぎょっとした。

こんな嘘で、こんなにも?

胸がざわつく。大量の虫に這い上られているような気分。どうしたらいいのかわからない不快感。とっさに立ち上がって逃げ出したくなる。

そんな柳生のジャージを、三也がそっとつまむ。

「約束だよ。絶対だよ。絶対の絶対だからね」

密やかで必死な声で囁かれ、柳生は必死にうなずく。

「はい。絶対、です」

「やった!!」

三也は小さく跳び上がると、不意に走り出した。小さな唇をきゅっと噛んで、そのままぐるぐると狭いＤＫを駆け回る。

柳生は慌てて三也を追った。

「三也さん、止まってもらっても!?」

「なんで？」

三也はくるりと振り向く。走るのは止まったが、足はとんとん足踏みしている。

柳生は以前の張り紙を思い出し、ひやひやしながら言い聞かせた。

「あまりばたばたすると、下に聞こえてしまうんです。ここは集合住宅ですから」

途端に三也は顔色を曇らせる。

「きこえたら、だれか、命ねらってくる？」

「それは……」

とっさに答えることができなくて、柳生は口ごもった。

三也はすっかりしゅんとしてしまい、どたばたしていた足も止まった。恐ろしく静かだが、何やら見ている柳生のほうが落ち着かない。

やはり張り紙の主を殺したほうが、と思いかけたとき、我藤の部屋の襖が開いた。

「そういうことだ。我々は狙われている！」

「我藤さん」

どういうつもりだ、と柳生が睨みつけると、我藤はなぜかばちんとウィンクをしてきた。

そしてそのまま三也に歩み寄ると、床に膝をついて視線を合わせる。

「だから俺がお前に、忍者の忍び足を教えてやる。殺されないための特訓だ」

「忍者！」

再び三也の顔色がよくなった。

我藤は深くうなずき、背後に隠していた紺色の長袖Tシャツを突き出す。

「そういうことだから、今日は忍者っぽいTシャツでどうだ」

「にゃ」

三也は比較的素直にうなずいた。

なるほど、上手い手だな、と柳生は感心する。そうしてしばらく特訓を眺めていると、
ピンポーン、とチャイムが鳴った。

柳生と我藤は同時に緊張し、玄関を見る。

先に動いたのは柳生だ。三和土に近づきながら、扉の外の人物に殺意がないことを察する。おそらく外にいるのは、以前もここに来た人物。張り紙の女性ではなくて――。

「あ、どうもぉ。おはようございます」

扉を開けると、予想どおりの中年男がにやにや笑いでたたずんでいた。

思ったとおり、ゴミ出しチェック男だ。

今日のゴミ出しは完璧だったはず、と、柳生は淡い緊張をまとって微笑む。

「おはようございます。晴れましたね」

当たり障(さわ)りのない会話の筆頭、天気の話題を繰り出してしまった。何のご用ですか、などと言って、また『ゴミの話なんだけど』などと言われたら、殺意を消しきる自信がなかったからだ。

ゴミ出しチェック男はそんな柳生を、なぜかまぶしそうに見上げた。

「そうだねぇ、輝いてるよね、今日も」

明らかに好意の波動を感じる。先日のゴミ出しチェック会話で、こいつは自分に好意を抱いてしまったのか。なぜだ。ちょろすぎないか。好意があるならあるで利用するのだが、なんとなく嫌な予感がする。

控えめに微笑む柳生の前で、ゴミ出しチェック男はもじもじと切り出した。

「それで……ゼリーの話なんだけど」

「ゼリー、ですか。お好きなんですか?」

よくわかっていない顔で首をひねる柳生に、ゴミ出しチェック男は訴える。

「好きじゃないね。全然好きじゃない。あの、栄養ドリンクとか？　エナジードリンクとかもよくないよね。あれで何かの中毒になったりするらしいじゃない？」

「カフェイン中毒ですね。聞いたことはありますが……」

「栄養ゼリーも、同じだよ！」

急にゴミ出しチェック男が声を荒らげたので、柳生は言葉を呑みこむ。

ゴミ出しチェック男は身を乗り出し、せっせと言葉を重ねた。

「君ね、せっかくお母さんが美しく産んでくれたわけなんだから、その体は大事にしなさいよ。毎日栄養ゼリーは駄目だよ、たまにはいいかもしれないけど、連続は駄目だ！」

なるほど。ゴミ出しチェック男は、またゴミをチェックしたのだ。

今日のプラスチックごみは丁寧に分別しておいたはずだから、そこは問題がなかった。代わりにこの男は、ゴミの内容にケチをつけてきたわけだ。暇人か？　暇人なのだろう。

しかし柳生は暇ではない。このあとやることが山ほどある。

柳生はとにかくゴミ出しチェック男に頭を下げた。

「わかりました。こんな僕のためにそんなに親身になっていただいて……本当にありがとうございます」

「こっちの気持ちは伝わったかな？　心配してるんだ、君を！」

「もったいないです、そんな……でも、嬉しいな……」

渾身のなよなよしい演技を絞り出し、上目遣いにゴミ出しチェック男を見上げる。

得体の知れない色気を漂わせる柳生に、ゴミ出しチェック男はぼうっとなったようだ。

柳生はその隙に、素早く扉を閉めた。

「ま、また、また来るからね！　自分を大事にするんだよ……！」

捨て台詞を残して去って行く、ゴミ出しチェック男。

柳生はしばしそのまま、ぼんやりと立ち尽くしてしまった。

なんというか、疲弊した。たかがこれくらいで？　とも思うが、はっきりと疲弊してしまった。弁当を作らねばならないのに、体が動かない。野菜を入れて、挽肉を練って、調味して、形を整え、焼いて、付け合わせは彩りよく、抜き型で星やハートの形に抜いて。

それが普通の生活なのに、なぜ、できないのだろう。

そうして何もできずにいると、今度はどどどどど、という足音が近づいてくる。

外の通路を、誰かが走ってくる。正体の予想はもうついている。

三也の足音に反応した張り紙女がやってきたのだ。

もはや彼女をやり過ごす元気もない。

このまま扉を開いて、手慣れた技を使ってしまえば、ほんの数秒で張り紙女の処理は終わる。そのあと、ゴミ出しチェック男を追いかけて――。

「……待て」

短い言葉と共に、鍵を開けようとした手を摑まれる。

見上げると、傍らに我藤がいた。いかにも渋い顔で見下ろしてくる。

邪魔だな、と思いながら、柳生はゆっくりと笑顔を作った。

「我藤さん。僕はただ、相手の顔を見ようと思っただけですよ。そして、平和的に会話で解決をするんです」

「そういう顔じゃなかったが？」

我藤はシニカルに笑って言い、柳生を押しのけて扉を開ける。

団地の通路には、すでにひとけがなかった。張り紙女は今のほんのちょっとの間に、元来た道を戻っていったらしい。我藤は扉の外側を改め、張り紙をはがして室内へ戻る。

柳生は三也に張り紙を見られないよう、角度を気にして我藤の手元をのぞきこんだ。

新たな張り紙は、一枚だけ。

内容は、

『子どもは死ね』

である。

ひやっと体温が下がった気がして、柳生は自分の腕をさする。脳裏をさっき見た三也の顔がよぎっていく。花が咲くように色づいた頰。袖をつまんできた、かすかな力。殺すのは簡単だろう。女の力でも、三也くらいの子どもなら圧倒できる。

そのことがなんとも言えず落ち着かない。そわそわする。

我藤は、と覗(うかが)ってみると、彼の顔もおそろしいほどにこわばっていた。

「にゃー……？」

背後から三也の声がする。

「三也さん、座っていてください。お弁当と一緒に朝ご飯を作りますから」

我藤が超高速で張り紙を丸め、柳生は笑顔で振り返った。

「……」

三也はしばらく柳生を見つめたあと、食卓ではなく自室に戻ってしまった。

柳生はほっとしたような、ぐったりしたような気持ちで肩を落とす。

その耳に、我藤が囁きかけてきた。

「三也を送ったあと、作戦会議だ」

「殺します？」

期待を込めて柳生が聞くと、引っこんだはずの三也が顔を出す。

「……」

無言で睨みつけられ、柳生は引きつり笑った。

「何でもありませんよ、三也さん。何も物騒なことは言っていません」

三也はまだ疑いの目をしつつ、じわじわと部屋に戻っていく。

彼の姿がすっかり見えなくなったところで、我藤がつぶやいた。

「やはり三也の手前、殺すわけにはいかん。他の策を打つ」

「具体的には？」

疲れ果てた気分で聞き返すと、我藤は強い瞳で返す。

「これから考える」

「あなた……」

抗議しようと口を開いたが、我藤は遮るように言葉を重ねた。

「俺たちは殺しのプロだ。殺すだけなら互いの協力はいらん。そうだな？」

「そのとおりです」

「だが、『普通の生活』に関しちゃ素人だ。特にお前は『普通の生活』に疲弊している」

柳生は苦々しく黙りこむ。わざわざ認めるのも嫌だが、否定もできない。

自分は疲れている。正解が見えにくく、終わりも見えない『普通の生活』は、今まで対峙してきたどんな敵よりも得体が知れない。

「なあ、ライ。ここは力を合わせるしかないんじゃないか？」

我藤が柳生に向かって顔を突き出す。

柳生は嫌なものを見る目で我藤を見つめ、吐き捨てる。

「僕も、そう思っていたところです」

◇

「さて、今後の『普通の生活』を守るにはどうしたらいいか、だが」

「はい」

三也を幼稚園へ送ったのち。

殺し屋二人は食卓で向かい合い、卓上に置かれたしわしわの張り紙を吟味している。

「勢いのいい張り紙だが、前回のものを見ると使っている字は案外難しいな。書き損じもない」

我藤が日本人離れした顎を撫でながら言う。柳生は浅くうなずいて答えた。

「ですね。それなりに学があり、薬も酒もやっていない、もしくは醒めた状態で書かれている。それにしては騒音の訴え方がエキセントリック。元からの性格か、不調があるのか」

我藤はうなずき、食卓に置いたノートパソコンの画面を柳生に向ける。

「どちらも可能性はある。ちなみにこれが、三日かけて撮った対象の写真だ」

パソコンのモニタには、数枚の女の写真が映し出されている。団地の玄関から出てくる女、ポストを開ける女、その手元、団地の敷地から出て行く道を歩く女。

柳生はじっと画面を見つめて言う。

「三日、ですか。つまりあなたは、三日前から動いていた」

「最初の張り紙の時点で、相手がこの部屋の真下か、その左右の住人であろうという見当はついていた。入居時に取得した住人のリストによると、爆走できる歳の女性の住人がいるのはうちの真下の部屋のみ。――この女だ」

我藤が画面を指さす。映りこんだ女は二十代……いや、二十歳前後かもしれない。姿勢や表情は老け気味だが、首辺りの皮膚のコンディションは若々しい。

過労、寝不足。そんな単語が頭をよぎった。

幼稚園のさやか先生も似たような状態のことが多い。

「そして、さっきうちの玄関先で撮れたのが、これだな」

我藤が画面を切り替えると、扉に張り紙をする女の画像が現れた。ニット帽を深くかぶっているせいで顔はよく見えないが、体つきや動きの癖からして、先ほどまでの数枚と同一人物なのは見て取れる。

「今度ばかりは、あなたの素早さを褒めてもいいような気がします」

柳生はため息交じりで言う。

柳生も殺しのときには相手のことを徹底的に調べたものだ。性格、生活、家族、交友関係。すべてを知れば、その相手が『死にそう』なポイントが浮かび上がる。周囲の人間が「ああ、あいつならそういう風に死にそうだ」と納得するポイントを見つけ、そこに寄せて殺していく。下調べをすればするほど、殺しは上手くいくし、警察も諦めやすい。

柳生は殺しを封印するのと同時に、下調べすら忘れてしまっていた。

柳生はタブレット用のペンをもてあそびながら、画面を眺める。

「名前は大西(おおにし)みらい。二十一歳の大学生だ。駅三つ向こうの大学で書道を学んでいる。最近は大学生の一人暮らしで団地に住むパターンもあるんだな」

「これは今朝ですよね？」

柳生はノートパソコンの画面を指さした。そこに映し出されたみらいは、少女趣味な白いブラウスと膝上のスカートをはき、崩れた化粧顔でポストを開けている。

柳生はほとんど意識せずに腕を組み直した。

「光の入り方からして、時刻はおそらく午前六時すぎ。そのあとうちに張り紙をするわけですから、朝帰りですね」

「男、という線もないではないが、水商売のバイトの線のほうが可能性は高いだろうな」

「寝入りばなに我々の登園前の大騒ぎがあれば、おかしな調子になるのはわかります。それにしてもかなり激しいとは思いますが」

やはり寝不足だったか、と思いながら、柳生は画像を見つめ直す。

そこで、我藤が新たな画像を出してきた。こちらもみらいだが、デニムに地味なニット姿で、ナップザックを背負って出て行くところだ。

「これが同じ日の十時過ぎだな」

我藤の言葉に、柳生は顔をしかめる。

「……ひょっとして、通学？」

「ああ。名前から簡単な履歴を調べたが、実家は地方公務員だ。幼いころから書道で入選を繰り返しており、真面目にプロの書道家を目指している。性格も真面目なほうで、大学はほとんどサボっていないようだな。これじゃ寝不足にもなる」

我藤はどことなく同情的な言いようだ。柳生はどちらかというと呆れ気味である。アルバイトとして夜の職業を選んだのはこの女、みらいだ。柳生が殺しを選んだのと同じ。責任は自分で取るべきだ。

「そんな恵まれた状況で夜バイトとは。借金か、恋愛でしょうかね。毎日酔って帰るわけですから、足を滑らせて骨を折ることはありそうだ」

柳生が言うと、我藤が難しい顔になる。

「わかっているだろうが……俺たちは彼女を殺すわけじゃないぞ、柳生」

「殺すとは言ってません。足を折ったら、張り紙はしないでしょう？」

柳生は鼻を鳴らして言う。自分としては最高に譲歩しているのだ、褒めてほしい。

ところが我藤はますます眉間の皺を深くした。

「一人暮らしで足を折るほど面倒なことはない。想像できんのか」

胸の奥からいらだちがこみあげてきて、柳生は冷たく眉を上げる。そんなものを想像してどうする。みらいは他人だ。しかも、こちらに害意を持った他人。

「だったらどうするんです？　ずっと三也さんに忍び足させますか？」

柳生は我藤に訊ねる。思ったより攻撃的な声が出た。

我藤はそんな柳生を見つめ、どこか試すように答える。

「それもひとつの手だとは思うが」

いらだちが喉まで来たのを、柳生は無理矢理飲み下す。

あえて息を吐き、声のトーンを落として言った。

「初めて知ったんですが」

「なんだ」

「子どもって、嬉しくても走るんです」

柳生が言うと、我藤はまじまじと柳生を見つめてきた。

「お前……そんなことを、自分から思ったのか」

「何か文句でも？」

「いや、ない」

我藤は何か物言いたげな顔で黙る。柳生はそんな我藤を睨みつけた。

「我藤さんは、嬉しくて走っている三也さんに、走るなと言えますか？」

言葉にした瞬間、ますます腹が立った。目の前の男にも、みらいとかいう階下の女にも腹が立った。たかだか子どもの足音を許容できない人間、バラ色の頬をして駆けだした子どもの喜びを、押し殺せという人間。

そんなものが普通なのか。そんなものが本当に、三也に必要なものなのか。

我藤は自分の顎をじっくり撫でたのち、口を開く。

「俺は走るなと言える。俺なら言えるが、お前には言わせない」

「……は？」

柳生は怪訝(けげん)な顔になる。

我藤は柳生に答えない。ノートパソコンに向き直り、急にてきぱきと話を進め始めた。

「三也に忍び足させるのも駄目、みらいさんの足を折るのも駄目、となると、話は少々複雑になる。もう少しみらいさんの身辺調査が必要だろうな。なぜああも荒れているのか」

「荒れている原因を取り除く、ということですか？」

そんなことができるものだろうか、といぶかりながら聞き直す。何せ、今までやってきたこととはまったく逆だ。

我藤はうなずき、とんとんと食卓を指で叩いた。

「ああ。少なくとも寝不足はバイトのせいだろう。彼女が水商売に足をつっこんでいるようなら、出勤時間周辺に張りこんで後をつける。店を特定しよう」

「僕が客として店に行って話を聞き出しましょうか。そういうことは得意です」

柳生が我藤の態度を探りながら言うと、彼は顔を上げてうなずいた。

「確かにお前向きの任務かもしれんな。よし、頼んだ」

「ずいぶん素直なんですね、我藤さん」

柳生は少々拍子抜けする。顔なら俺もいいとかなんとか、反論されるかと思ったのだ。

しかし我藤はあっさりしたもので、不意に立ち上がった。

「三也のためだからな。それと、もうひとつ」

我藤は早足で玄関横の洗面所まで歩いて行く。柳生がついていくと、我藤は洗面所の窓をいくらか開け、小さな軍用双眼鏡を取り出して目に当てた。そうしてしばらく観察したのち、双眼鏡を柳生に放り投げてくる。

「ゴミ出しチェックをしてくる男、向かいのベランダにいる腹の出たまだらハゲであってるか？」

柳生は双眼鏡をのぞきこみ、すぐに目的のものを発見した。

いる。向かいのマンションのベランダに、安そうなアウトドア用の椅子（いす）を出し、縮こまっているゴミ出しチェック男が、いる。

「あってます。というか我藤さん、気付いてたんですね」

「気付かないわけがあるか。俺は気付くのも早ければ対処も早い」

我藤は無駄に堂々と宣言すると、双眼鏡を柳生から受け取ってきびすを返した。

「平日の真っ昼間にベランダに居る男。なぜだと思う?」

「平日が休日の男が、悠々自適に趣味を楽しんでいる……という様子ではなさそうです」

「ああ、あれはベランダに追いやられているように見えるな。しかも、長時間」

我藤の言葉を聞き、柳生は探るように訊ねる。

「ひょっとして、昨日も?」

「三日間、同じだ」

平然と答える我藤。ゴミ出しチェック男についても三日前から気にかけていたらしい。

柳生の胸に『だったら言え』という気持ちがわくが、すぐに自分たちはそういう関係性ではなかった、と思い直す。

柳生と我藤は三也の持つ遺言を得るため、競っている間柄。今結んでいるのは仮の協定だ。この協力関係が終わったら、またそれぞれで奮闘することになる。

我藤は裸眼で窓の向こうを見晴るかしながら、ぼそりと言う。

「おそらく、あれの弱みを掴むのは簡単だ。俺がやろう」

「あなたが、ですか」

意外に思って柳生が聞くと、我藤はにやりと笑った。

「なんだ。俺の実力が信じられんか?」

今までならうっとうしく思うところだが、今は疑問のほうが勝っている。

「いえ、そこではなく。ゴミ出しチェック男の迷惑を被(こうむ)っているのは僕だけです。三也さんを守るためなら、そこは省略しても構いません。僕がもう少し頑張って、ゴミの分別を細やかにやればいいだけだ」

柳生が言うと、我藤はひどく怪訝そうな顔で答えた。

「もうお前は頑張ってるだろうが」

「これくらいで？」

柳生は驚いて自分を見る。カモフラージュもあり、安物ジャージにエプロンを着けた姿だ。毎日屋根のある場所で寝ているし、食事もしている。過酷なことは何もない毎日。

一体何を頑張ったというのか。顔を上げると、我藤は真顔だった。

真顔のまま、ぽんと柳生の肩を叩く。

「むしろ、やらせすぎたと思っている。今後は俺も家事をするからな」

「は……？　つまりあなたは、僕が無能と言いたいんですか？」

「いや。ただ、お前はひとを頼るのが苦手だ。というわけで、今日のお迎えは俺が行く」

言い終えた我藤は、玄関先の壁についたフックから帽子を取る。外に出るらしいと気付いて、柳生は慌ててエプロンを脱いだ。

「待ってください、お迎えまで、まだ二時間はありますよ」

「その間にご近所さんチェックと周辺のパトロール、必要品の買い出しついでにトレーニングも終わらせ、さらに時間が余ったら三也の幼稚園生活を監視する。柳生、お前は優雅に休んでいろ。みらいさんの尾行は明日からでもいい」

我藤は扉を開けてウィンクするが、柳生は必死に追いすがる。

「できるわけないでしょう！　あなたみたいな強面が園を監視したら完全に不審者だ。通報されても知りませんよ！」

「安心しろ、柳生。俺なら、通報される前に電話を破壊する」

「洗濯石けんも買わなきゃいけないんだ、僕も一緒に行きます！」

「ふむ。そんなに俺と一緒にいたいのか。モテる男はつらいな」

結局二人はもつれあうように外に出て、団地の階段を下りていった。そのまま緑の多い川縁を離れると、古い商店街に出る。シャッターと古い店とリノベーションされた若い店が並ぶ道を行く途中で、ふと我藤が足を止めた。

どうしたのだろうと見れば、我藤は古いおもちゃ屋のワゴンを眺めている。

「柳生。お前は四歳のころ、何が欲しかった？」

問われて、柳生は軽く肩をすくめてみせた。

「覚えていません。僕はオヤジに拾われた八歳以降しか、記憶がはっきりしないんです」

我藤は振り返って柳生をしげしげと見つめ、自分の顎を撫でる。

「なるほど。ならばお前にも何か買ってやろう」

「あのですね……。単に僕は、おもちゃを欲しいと思ったことがないんですよ。欲しいと言えば、オヤジだってなんでも買ってくれました。食べ物だってそう。なんだって食わせてくれましたが、僕はブロッコリーが一番好きでした」

柳生はため息交じりに言う。と、我藤が急に食いついてきた。

「そう、そのブロッコリー。やたらと買ってくるが、なんでブロッコリーなんだ」

そっちか、と思いつつ、柳生は口を開く。今までこんなことを話す気などみじんもなかったが、今はなぜか、喋ってやってもいいような気分だったのだ。

「お子様ランチですかね。オヤジに初めて食わせてもらったお子様ランチの中で、一番気に入ったのがブロッコリーだったんですよ」

実にくだらない話だ。しかし我藤は大真面目でうなずいた。

「なるほど。聞かせてくれて、ありがとうな」

——変な奴だな、と、思った。

我藤に対する柳生の第一印象は、自分とは違いすぎて気に食わない、だった。

殺しのポリシーもやり方も生い立ちも違いすぎる。それなのに、オヤジに信頼されていたのがとにかく気に食わない。しかし一緒に暮らしてみて改めて思う。

こいつは妙だ。けして普通ではない。

何かに対して妙に律儀なのだが、何に対してなのかはわからない。柳生に対する態度も妙だ。馬鹿にしているのかと思えば、そうでもない。礼を言うし、思いやる。……柳生を、思いやる？　本当か？　おそらくは、本当だ。

ぞわぞわっと奇妙なものが心臓を這うのを感じる。気味の悪い感覚。

この『普通の生活』の裏に潜み続ける、奇妙な感情。これは、なんだ。

「ちなみに四歳の俺が欲しかったのは、スーパーヒーローの変身グッズだ。物心ついたときからヒーローものに目がなくてな。夢はずっと『ヒーローになること』だった」

柳生の葛藤にはまったく気付いていないのだろう。我藤はおもちゃ屋のワゴンを丁寧にひっくり返している。柳生はせいぜい皮肉げに言った。

「ヒーロー志望が、どうして悪役になっちゃったんです。顔のせいですか？」

我藤はおもちゃをかき分ける手を止め、一点を引っ張り出す。

彼の目の前に吊り下げられたのは、ヒーローの変身ベルトであった。

「――多分、変身できなかったせいだろうな」

我藤はぼそりと言い、変身ベルトを手にして店に入っていく。

肩幅の広い背中を見送りながら、柳生は一瞬だけ奇妙な気持ちになった。自分が四歳児に戻ってこの場にたたずみ、おもちゃ屋に行く我藤を見守っているような気持ちだ。

「……ばかばかしい」

柳生はつぶやいた。実にばかばかしい。

ひとはけして過去に戻ることはできない。過去を塗り替えることもできない。

四歳のころの自分は、きっとおもちゃを買ってもらえなかった。詳しいことは忘れても、柳生の血肉があの暗黒を覚えている。

◇

「料理に関しても、これからは半々……もしくは全面的に俺が担当することを目指す。が、俺の調理技能は限りなくゼロに近い。それで、これだ！」

我藤は言い、勢いよくシンク横に新品の電子レンジを置いた。さらにその脇に、プラスチックの電子レンジ用容器、電子レンジ専用の料理本を積み上げていく。

我藤が柳生の家事をいくらか受け持つ、と決めた翌週。柳生と我藤は役割分担をやり直した。料理と掃除、荒事は我藤。送り迎えと洗濯、策略は柳生、である。

料理担当になった我藤は、『早い、安い、美味い』を目指して邁進中というわけだ。

「男の料理で失敗しがちなのは火加減らしい。ならばその鍛錬を省略し、すべてを文明の利器で解決する。この本を見ろ、柳生。オムライスも電子レンジでいけるらしいぞ？」

自信満々の顔で言う我藤。柳生は彼をちらと見てから、食卓に置いた鏡に向き合う。

「思い切った方針決定ですが、そもそも三也さんはオムライスが好きなんですか？　あなたはせっかちすぎてリサーチが足りない。僕はご近所トラブル解決で一気に点を稼ぎますよ。安心した生活には安心できるご近所さんの存在が不可欠だ」

喋りながらも、柳生の手は止まらない。ワックスとヘアピンを駆使して派手目に髪をセットしていくと、柳生はどこからどう見ても夜の男に見えた。

我藤は気にせず、買ったものの梱包をすごい勢いではいでいく。

「何もかもを自分で作り出せると思うのが、お前の傲慢だな。とはいえ変装が上手いのは認めておく。組織でも卑怯技はライが一番と評判だったぞ」

「僕は卑怯ではなくスマートなんです。教育に悪い言葉を使うのはやめてください。三也さんが本気にしたらどうするんです？」

「どうするも何も、お前の好感度が下がるのは願ったり叶ったりだ」

臆面もなく言い、我藤は今度はにんじんを刻み始めた。

「嫌な男ですね、本当に」

柳生は我藤をじろりと睨み、次に三也のいる子ども部屋をうかがう。

夕刻の部屋は西日でオレンジ色に染まっていた。三也は幼稚園から帰ると窓辺でぼんやり外を見ていることが多い。今日もそうだ。我藤が買った変身ベルトは部屋の隅に丁寧に置かれたまま。遊ぶ気配はちっともない。

本当に、何を考えているのかわからない子どもだ、と柳生は思う。

どうやって彼を攻略すればいいのか、柳生にはまだわからない。

柳生は食卓の鏡に向き直った。肌色のテープで軽く顔をつり目にし、派手な柄シャツを羽織ると、こてこて派手男への変身は完了だ。派手な特徴に乏しい柳生の美貌（びぼう）は、目や服に手を入れるだけでがらりと印象が変わる。それで足りなければ化粧をし、さらに歩き方や口調まで変えて別人になりきる。

すべては殺しのために。

今は……三也の『普通の生活』のために。

「それじゃ、我藤さん。三也さんの晩ご飯とお風呂、よろしくお願いしま……そうだ」

「どうした、柳生」

我藤の問いは流して、柳生は部屋干しをしている部屋をチェックする。吊られた無数のシャツの中から選んだのは、スイカ猫の描かれた長袖Tシャツだ。三也が初登園に着ていった服。もはや懐かしさすら感じるそれは、新品同様のぴかぴかになっていた。

柳生は自然と頬がゆるむのを感じながら、シャツを外して三也の部屋に持って行く。

「三也さん、例のシャツですが」

「にゃ？」

三也が素早く振り返る。あまりの速さに驚きつつも、柳生は正座してシャツを三也のほうへと押しやった。

「無事、生き返りましたよ」

「…………！」

「結局古くからある洗濯石けんが一番上手くいきました。やり方を色々と検索して試したんです。今の時代に石けんなんか、と思ってしまいましたけど、本当に夢のように効き目があって……いや、どうでもいいですね、この話」

思わず喋りすぎてしまった。気まずくなってしまい、柳生はとっとと腰を上げる。と、その足に、温かなものがドスン、とぶつかってきた。

「？　三也、さん？」

不意打ちに柄にもなくよろめきつつ、体をよじる。

三也は柳生の足を抱きしめ、尻の辺りにぐいぐい頬をくっつけながら大きな声で告げた。

「ありがと、たける！」

「え、あ、はい。いや……」

こういうとき、どう答えたらいいのだろう。うろたえてしまって、柳生は我藤のほうを見やる。我藤はレンジと向き合いつつ、ちらりとこちらを見て笑った。

「どういたしまして、と言え」

「なるほど。……どういたしまして、三也さん」

柳生がぎこちなく言うと、三也はにへら、とゆるんだ笑顔を作る。

その顔が変に衝撃的で、柳生は呼吸の苦しさを感じた。

美しいというには、あまりに崩れた顔なのに。どうしてこんなに胸に響くのか。

「おーい、三也！　できたぞ、レンジオムライスが！」

そこへ、救世主めいた我藤の声が響き渡る。

「オムライス！」

三也はぴんと背伸びをすると、柳生を放してぱたぱたと走って行った。

柳生はやっと一息吐き、ボストンバッグを持って玄関に向かう。視界の端では三也が食卓に着き、我藤がその前にレンジ用容器を差し出している。三也の顔が輝き、両手がぴんと上に伸びる。

「オムライス、しかくーい！」

「容器が四角いから、四角いな！」

「しかくいオムライス、みやは、はじめて！」

「おお、初めてか！　だったら初めてのオムライスに、にんじんの星をつけてくれ！」

「みや、つける！」

きゃっきゃと、三也のはしゃぐ声がする。

せっかく自分が距離を詰めたと思ったのに、我藤にもそんな態度か……と思った。が、あまり嫌ではない。とにかく子どもは、泣いているより笑っているほうがいい。

柳生はそっと玄関から外に出て扉を閉める。

オムライスの匂いが消えて、夜を予感させる風が吹いていく。ひやりと頬が冷えるのが心地よい。夜はいい。見苦しいものたちが闇に沈んで息を潜め、安っぽいネオンだけが辺りを飾る。自分の心も、自然と慣れ親しんだ殺し屋に戻っていくようだ。

柳生たちが住む北東京は、一部の住宅街や駅前を除くと、大規模開発の行き渡っていない田舎くさい雰囲気が漂う地区だ。繁華街も昭和の混沌をどことなく引きずっており、ヒビの入った雑居ビルには、やっているのか、やっていないのか怪しいバーやクラブの看板が連なっている。本日の目的地、『バー・ラブモンスター』は、そんな店のひとつ。

階下に住む張り紙女こと、みらいのバイト先である。

柳生は『バー・ラブモンスター』のピンク色の電光看板を確認すると、ボストンバッグをビルとビルの隙間にぎゅっと押しこむ。そしてそのまま、雑居ビルの狭い階段を下りていった。重い金属扉の先には、小さな受付。ぼんやりスマホを見ていた痩せた男が、柳生に気付いて甲高い声を上げる。

「いらっしゃいませ、バー・ラブモンスターへ！　当店は初めてですかあ？」

柳生は少しだるそうな笑みを浮かべて言う。

「初めてだけど、大体わかるよ」

「さようでございますかぁ。では、念のために簡単に説明させていただきます。当店は一セット六十分、コースは飲み放題コース三千円と、ショットコース二千五百円がございまして、ガールズドリンク料金は別料金です！」

彼の言っていることを一般的に翻訳するなら、この店は六十分単位で金を取る。酒を飲み放題にするなら三千円、一杯ずつ頼むならば二千五百円。接客のために女の子がついてくれ、彼女たちにおごるときは別料金だよ、ということになる。

このスタイルは風俗営業許可が要るタイプの店のもの。風俗営業許可を取っている店は朝までの営業はできないはずだが、みらいはいつも朝帰りしていた。となると、『ラブモンスター』はもぐりの店、ということになる。

「わかった。じゃ、飲み放題。指名無しなんで、適当にお願い」

「了解いたしましたあ。一名さまご案内いたします！」

受付の男が言い、のれんじみたカーテンをかき分ける。

安っぽい布をかき分けて先へ行くと、そこは完全に夜の世界だった。真っ暗な空間に光るのは、壁にくっついたブラックライトの『LOVE』。ミラーボールがちらちらと紫や青の光を散らし、カウンター席七席、ソファ席ふたつ程度の狭い店を彩っている。

客はまだ、カウンターで呑んでいる一人だけだ。

「こちらどうぞぉ！」

カウンターの中から若い女性が柳生を呼ぶ。

柳生は慣れた調子でバースツールにとまった。

「こんばんは」

「こんばんはぁ、レンカです！　何呑まれます？　すっごいイケメンだけど、アイドルとかしてます？」

「レンカちゃん、俺、あんまり不特定多数に愛想振りまくタイプじゃないのよ。こう見えて家庭的で。注文はそうだな、ハイボール」

適度に愛想よく注文しながら、それとなく店内を観察する。店員はバーテンの男性が一人、カウンターには目の前のレンカ含めて、女性が二人。

どちらも、みらいではない。

「家庭的ぃ？　どういうことです？　お料理とかしちゃうの？」

ピンク色のオフショルダーニット姿のレンカは、見るからに若そうだ。

肌のコンディションと喋りからして二十代前半。茶色っぽい瞳をのぞきこんで見えるものは、わずかな警戒と、興味。欲。うらやましさ。そして、圧倒的な好意、だ。

初見でここまで好感度が高いなら、少し機嫌を取るだけで何でも喋ってくれるだろう。

柳生は甘く微笑んで口を開いた。

「ううん、作るのはあんまり。ひとが作ってくれたあとの台所きれいにするのが快感で」

「ええええ、最高……結婚したーい！」

レンカが半ば本気で叫ぶのを聞きながら、柳生はころころと話題を転がしていく。レンカが楽しいように、柳生に気に入られたいと思うように、適度に押して、引いて、上に出たと思えば、下にも出る。

そうこうしているうちに、次の客が店内にやってきた。

「みくちゃん、お願い」

カウンター内のバーテンが奥に声をかけると、カーテンをくぐって、みく、と呼ばれた新しい女性が現れる。青いワンピースに長い黒髪を垂らした、二十歳くらいの美人だ。腫れぼったいまぶたの下にはとろんとした黒い瞳があり、どことなく視線が定まらない。

間違いない。監視カメラや尾行中に焼き付けた、階下の住人、みらいの顔だ。

「このお店って学生さん多いの？」

柳生はレンカと喋りつつ、甘さを含めた視線をソファ席に着くみらいへと流した。

レンカは、少々むっとしたが、すぐに気を取り直したふうにソファ席を見やった。

「ん、私は社会人です、アルバイター。みくはまだ一応、学生だと思う」

「まだ一応って……ああ、そっか。バイトのほうが楽しくなっちゃう？」

柳生が聞き返すと、レンカは曖昧な笑みを浮かべる。

「うふふ。刺激的ですからねぇ。真面目に学校行ってるだけじゃ絶対会えない人と、お話しできるしぃ」

そんなことを言いながら、レンカはちら、ちらとカウンター内のバーテンを気にしている。意味ありげな視線だ。柳生はグラスを傾けつつ、手元のアイスペールに映りこんだバーテンを観察した。

三十代後半であろう浅黒い肌のバーテンは、店全体に抜け目なく視線を配っている。他の店員の接し方からしても、この店の店長だろう。どことなくネコ科の肉食獣めいた雰囲気で、カタギの女性からしたら魅力的に映るタイプだ。

店長は一見店員にも客にもまんべんなく視線を投げているようだが、じっと観察していると、みらいの上で視線が長く留まる。そしてみらいもまた、無意識のうちに店長を見つめがちだ。その視線がうっすら熱を帯びているのを見て、柳生は大体の事情を察した。

昼の生活を捨てる気もなく、金に困っているわけでもないみらいが、この店に縛り付けられている理由。それはこの男への執着だ。

ならば、その執着を殺す。

「そういうもんかあ。よし、じゃ、もっと楽しくしよう！　飲もう！」

柳生は明るく言ってハイボールをあおり、女性に軽いカクテル、自分にテキーラのショットを頼む。その合間にポケットからスマホと充電器を取り出し、カウンターに置いた。

「いくよ、乾杯！」

「わあい、かんぱーい！」

グラスを合わせて、柳生は酒を飲み干す。少しばかり頬を赤く染めながら、自然に充電器の角度を調整する。どこからどうみてもＵＳＢ式のバッテリーに見えるそれは、実のところは隠しカメラなのだ。カメラは、ソファ席で接客をするみらいの監視を始めた。

粘って飲んでいるうちに人が増え、やがてみらいの客が立ち上がる。彼がトイレのほうへ消えたタイミングで、柳生も席を立った。

「ごめん、ちょっとトイレ行ってくるね」

「はーい！　前のお客さんがいるかもしれないけど……」

「大丈夫、気をつけるよ」

わざとろれつを怪しくして言い、柳生はよろよろとトイレへ向かう。柳生自身はザルを超えたワクだが、ここは酔ったふりだ。途中で、バーカウンターの隅にまとめてあった、使用済みグラスを奪う。中には、氷の溶けた水が三分の一ほど入っていた。

カーテンをくぐって細い通路に出ると、ちょうど先ほどの客が戻ってくるところだ。

柳生はためらわず、相手の顔面にグラスの中身をぶちまける。

「んだ、てめ……ぇ」

男は限界まで目を見開き、柳生を見つめた。派手なツーブロックが水を含んで広すぎる額(ひたい)に張りついているのを見て、柳生はへらへらと自分の額を叩く。

「ごめーん。このへん脂(あぶら)ギトギトだったから。すっきりしたでしょ？」

「なめとんのか……！」

ツーブロック男は憤怒の形相を浮かべ、大きく右手を振りかぶる。大ぶりなフックが来る、と見て、柳生はわざと後ろによろめいた。

ツーブロック男の拳は空を切り、思い切り狭い通路の壁にぶち当たる。

「うぐっ……！」

相手が拳の痛みに硬直している間に、柳生は身を翻してバーフロアに駆け戻った。

「すみません、助けて！」

情けない声で叫ぶと、レンカが慌ててカウンターから出てくる。

「ちょっと、どうしたの！」

「てめぇ、ええかげんにせぇよ！」

タイミングよくツーブロック男も戻ってきた。

柳生はスマホと充電器を素早く回収。カウンターの中に駆けこむ。

「このひとが、いきなり殴りかかってきて……！　匿ってて！　匿ってください！」

柳生はツーブロック男を指さしながら、カウンターの奥へ、奥へと入りこんでいく。

「いや、こっち来られても困りますけど！　ちょっと……参ったな」

店長は難しい顔をしているが、柳生はパニックのふりでバックヤードまで到達した。そこは狭い中に机とロッカーを押しこみ、その隙間に酒の在庫を積み上げたバーの事務所だ。

外から構造を見て想像したとおり、奥には外階段に続くドアもある。

柳生は素早くバックヤードの配置を確認しながら、店長に金を差し出す。

「すみません、すみません、お金は払いますんで！」

相場の二倍ほどの金額を突きつけると、店長の目の色がさっと変わった。

素早く柳生の金をひったくると、奥のドアを指さして叫ぶ。

「わかった、わかったから、ここから帰りな！　これからは気をつけて！」

「はい、ありがとうございます！」

柳生はほぼ直角に頭を下げる。バーではまだツーブロックが暴れている。

店長がツーブロックの対応に出て行こうとした隙に、柳生は壁にかかった裏口のキーをとってポケットに入れた。

重い鉄製のドアを開けると、古びた外階段が現れる。柳生はそれを一気に駆け下り、ビルとビルの隙間をのぞきこむ。エアコンの室外機の陰に上手く隠したボストンバッグを引っ張り出すと、中身を確認した。

そこには、黒いスポーツウェアと、同じく黒の覆面が入っている。

◇

夜明け近く。

柳生が部屋に帰るなり、廊下にたたずんでいた我藤が囁きかけてきた。

「どうだった、首尾は」

柳生は顔をしかめ、充電器型のカメラを我藤に放る。

「気配を消さないでください。山で熊に出会うのと同程度には怖いです」

「熊並みの怖さか。業界的にはかなりの褒め言葉だな。これの中身は？」

カメラを手のひらで転がす我藤の横をすり抜け、柳生は脱衣所にすべてを脱ぎ捨てた。

「バーの中が撮れています。ラブモンスターはいわゆるガールズバー。営業は朝まで。ただし女の子たちはがっつり客の横に座って接客してましたから違法営業ですね。当局に通報すれば休業に持っていけるでしょう」

化粧を落として自宅用のジャージに着替えると、心底ほっとする。こんなにほっとしていいものなのか、少々戸惑いながら脱衣所を出た。

我藤はまだ玄関におり、柳生が出てくるなり話を続ける。

「回りくどくて品のいい仕事だが、本当にそれだけで帰ってきたのか？」

「おや、匂います？」

いささか挑発的に目を細める柳生。

我藤はきょとんとしたあとに、にやりと笑った。

「匂うな。暴力の匂いが」

柳生は鼻で笑い、ＤＫに向かった。

「大したことはやっていませんが、最低限の脅しはしてきました」

思い出すのは、閉店後の『ラブモンスター』の事務所だ。最後まで出てこなかったみらいがよろよろとエレベーターから吐き出されたのを確認したのち、裏口から侵入。

『なんだ、お前……』

覆面姿の柳生にぎょっとした相手に近づき、身構える前に喉に貫手を叩きこむ。油断した体は酸素の供給を断たれ、激しく咳きこんだ。そのままなめらかに相手の足を片方へし折り、手際よく持参したロープで縛り上げた。

『誰なんだよ、借金ならすぐ返すって！　すみません、ごめんなさい、許してください……！』

店長はすぐにすごむのを止め、謝り始める。聞いてもいないような情報を垂れ流して謝り続ける店長に対し、柳生は徹底的に自分たちの情報は与えず、恐怖だけを与えて帰ってきたのだ。

「もう一度あの店に踏みこんだら殺す、と、どこにも駆け込めないレベルで脅しておいたので、店は明日から閉店です。これでみらいさんの寝不足がどうにかなるかどうか、見守っていきましょう」

「なるほど。お前にしてはなかなか素早かったな。俺も負けてはいられないか」

我藤は男らしく整った眉を上げてうなる。

柳生は気分よく冷蔵庫を開け、ミネラルウォーターを取り出して食卓につこうとし、そこにあるレンジ容器に気がついた。

「結局三也さん、あなたの料理を食べなかったんですか?」

「バカを言え、全部ぺろりだった。そいつはお前のぶんだ」

「僕の?」

柳生はぎょっとしてレンジ容器を見下ろす。明かりの消えたＤＫには窓の外の街灯が差しこんでいる。青白い色にてかる安い食卓と、ラップのかかった電子レンジ容器。容器の中身は、でこぼこの卵で覆われた、レンジオムライス。

「毒でも入れたってことですか……?」

つぶやく柳生の頭を、後ろから我藤が軽くはたこうとする。

柳生がさっと手を出して阻止すると、我藤は小さく肩をすくめた。

「普通の家族はメシくらい作る。とにかく食って、とっとと寝ろ。俺はこれからゴミ出しチェック男を上手いこと処理してくる。それと……」

「それと？」

「三也が明日、お友達を連れてくるようだ」

「お友達。お友達……？　えっ、お友達を、どこにです？」

椅子に座りかけていた柳生は、慌てて腰を浮かせて振り返った。

我藤は自室に帰るところだったのだろう。襖の前で顔をしかめる。

「ここに決まっとるだろうが。普通の子どもは、友達の家を行き来するもんだ」

「ここに、三也の、お友達が。素性を調べなくていいんですか？」

「相手の名前を三也がもらさんのだから仕方あるまい！　相手は刺客じゃないんだ、きっとどうにかなる」

我藤は軽い調子で言い、襖を閉めてしまった。

取り残された柳生は、混乱したまま食卓に着いた。

三也のお友達が、家に来る。家に、何をしに来るのだろう。遊ぶのか。食事をするのか。幼稚園のあとということだから、おやつを食べるのかもしれない。それで、そのあとは何をする？　その場で求められる『普通の親』とは、一体……？

わからないことだらけの事態に圧倒されながら、柳生は電子レンジ容器からラップを取った。チキンライスを覆う卵の上には、ケチャップで妙に繊細な女の子の顔が描いてある。

我藤の仕業だろう。味の面ではケチャップが多すぎるし、見た目の面では紙やデジタルで描くほうがきれいに描ける。まったく意味ない行為を、なぜするのか。

　柳生はただちにプラスチックスプーンを取り、女の子の顔に突き刺す。ケチャップの絵を解体し、破壊して、口につっこむ。咀嚼(そしゃく)してみると、味が悪くないことに驚いた。卵もぱさぱさになりきっていないし、チキンライスは穏やかなうま味がある。

「……レンジ料理、案外やりますね」

　我藤よりもレンジを褒めて、柳生はオムライスを平らげた。

　容器を洗ったのち、柳生はそっと子ども部屋の襖を開いて忍びこむ。

　三也は敷き布団から転がり出て、部屋の隅に寝ていた。柳生はゆっくりと三也に歩み寄る。息を吸うと膨らみ、吐くとへこむ、少し出っ張った腹。むちむちのほっぺたの下にある、細い首。冗談みたいに柔らかい手足。

　やはり、子どもという存在は不安だ。大の大人が血迷ったら、あっという間に殺せてしまう。そして大の大人はすぐに血迷う。柳生はよく知っている。殺し屋以外も人を殺すことを。しかも、酷(ひど)く醜(みにく)いやり方で。

　柳生は三也の傍らに膝をつき、はねのけられた布団を取ってかけ直した。

　その拍子に、うっすらと三也が目を開ける。

「……にゃ」

「まだ夜です。寝ていていいですよ」

柳生が囁きかけると、三也はむにゃむにゃと続けた。

「たける、かえってきた。……あさひは？」

「我藤はこれから出かけます。悪い人をやっつけに行くんです」

柳生の囁きに、三也は急に体を起こした。

「悪い人、いるの？　どこ？」

ただならぬ緊張を漂わせる三也に、柳生は慌ててその肩を抱く。

「大丈夫ですよ。我藤は強いですし、正義のヒーローですから」

「ひーろー？」

三也は、眠気の残った目でじいっと柳生を見上げてくる。

柳生はうなずいた。三也を安心させなくてはならない。まずはそれが一番だ。

「悪者だけをやっつけるのがヒーローです。あいつはヒーロー志望だったんですが、途中で色々あって殺し屋になりました。でも、三也さんの命令で殺しをやめたでしょう？」

「うん！」

「だから今は、正義のヒーローになったんです。本物の」

言い切ってから、ひどい皮肉だな、と思った。これから我藤はゴミ出しチェック男を脅しに行くと言っていた。彼と自分たちなら、明らかに自分たちのほうが悪人だ。我藤がいくら望んだとしても、彼はもうけして正義の味方にはなれはしない。

でも、そんなことは、三也は知らなくていいことだ。

柳生は三也を見下ろす。三也は柳生を見上げる。その目が徐々にきらめきを取り戻していくのを、柳生は見た。まるで、夜空の雲が晴れたかのよう。三也の呼吸は落ち着き、体の緊張はゆるみ、顔は自然と微笑みを含んだ。

「そっか」

三也は小さくつぶやき、こてんと横たわる。

柳生はほっと一息吐いて、三也に布団をかけ直す。

「寝て待ちましょう。僕も、三也さんが起きるまでここに居ます。この部屋に悪いものが来ないように、見張っていますから」

「……うん」

三也は小さくうなずき、布団の中に顔を引っこめてしまった。

柳生はそんな三也を眺めつつ、窓辺に座りこむ。程なく、すう、すうという三也の寝息が部屋に響き始めた。続いて、我藤が静かに部屋を出て行く気配。

柳生は背後のカーテンをめくって外を見る。緑豊かな団地の外構のほとんどは闇に沈み、敷地内の小道だけが街灯で煌々(こうこう)と照らされている。そこを移動していく真っ黒な人影は我藤だろう。全身を鍛えているからこそできる、静かな歩き方だ。

彼の姿が街へ消えたのちも、なぜか柳生はしばらく動かなかった。窓から見えるのは道と空くらいのもの。三也はいつもここから何を見ているのだろう。三也は何を見て、何を考えて、そして将来、何になるのだろう。

柳生はそんなことを考えながら、あせたような北東京の空を見つめ続けていた。

翌日、三也の幼稚園が終わったあと。時間なら十四時半。

柳生たちの部屋の玄関先に、園帰りの三也と、お迎えに行った我藤と、三也の『お友達』がずらりと並んだ。

「どうも、お邪魔しまーす」

朗らかに言って靴を脱いだ『お友達』を、柳生はわずかに引きつって見つめる。

この女性にははっきりと見覚えがある。ありすぎる。

染めてはいるが白髪が隠せない茶髪に、優しい皺の寄った目元。

普段幼稚園の手伝いをしている五十代女性、沢田さんだ。

どこが三也の友達なんだ、という抗議を視線にこめて我藤を睨みつけるものの、我藤は難しい顔で睨み返してくるだけだった。仕方ないだろう、と言っているような顔だが、仕方ないか？　この事態は。

　釈然としないまま、柳生は鮮やかな作り笑いを顔に乗せる。

「沢田さん、いつもお世話になってます。三也のお友達って誰だろうと思ってたんですが、沢田さんだったんですね」

「そうなのよ、ごめんなさい、こんなおばちゃんがお邪魔しちゃって」

　あはは、と笑う沢田さんは少しも悪びれてはいない。

「とんでもないですよ。三也によくしてくださって、ありがとうございます」

　あくまで感じのよいふうを装いつつ、柳生は靴を脱ぐ三也に話しかける。

「三也、沢田さんにこの家を見せたかったんだな」

「うん。ほごしゃの顔が見たいなあ、あ、見たことあった！　ってよく言うから」

「なるほど」

　柳生の笑みは、静かに凍った。

　これはどちらかと言えば、試験であり、視察だ。

　あらかじめ沢田さんが来るとわかっていたらもう少しやりようがあったのに、今さらどうしようもない。予想できなかった自分たちの負けだ。柳生と我藤は『普通の生活』のド素人。沢田さんはプロフェッショナル。この家を見た彼女は今までよりさらに信頼を失い、三也をいじめるか、保護するか、噂（うわさ）を流すだろう。

怒濤(どとう)のように悪い想像が湧き上がり、柳生は立ち尽くす。

沢田さんを、このまま部屋に迎え入れていいものか。

いっそ部屋に入る前に殺してしまったほうが、問題が減るのでは。

「たける……」

おどろおどろしい声が足下から響き、柳生は三也と視線を合わせた。

彼のじっとりとした視線は、明らかに柳生の殺意を見抜いている。

柳生は、覚悟を決めた。

「……どうぞ、狭くて汚いところですが……」

お通夜(つや)のような気持ちで柳生は身を翻し、沢田さんと三也をDKに招く。

「そんなことないわよお。緑が多くていいところ。それに……」

DKにたどり着いた途端、沢田さんは黙りこんだ。

柳生は観念してうつむき、我藤は渋い顔をし、三也は目を見開く。

元から広くもなく、古ぼけたDKだが、それだけで皆がこの反応にはならない。本日のDKは、柳生渾身の装飾に満ちていたのだ。しかもそれがいちいちおどろおどろしい。カーテンレールから吊り下げられたおもちゃの骸骨に、コウモリと棺桶(かんおけ)のガーランドが絡みつき、テーブルには黒いテーブルクロスといった世界観だ。

うつむいたまま、柳生は弁明を始める。

「その……言い訳をさせてください。お友達が来るというので飾り付けをしようと思ったんです。途中で何か違うかな、とは思ったんですが、百均の装飾コーナーが、今のシーズン、みんなこれ系でして」

我藤は自分の顎を撫で、ぼそりと言った。

「今はハロウィン前だからな。しかしあの骸骨、なぜ防弾チョッキを着ている？」

「……すみません、出来心です。強そうなほうがいいかな、と……」

「コウモリの目が光っているのは？」

「子どもは光るものが好きだと聞いたので、フラッシュライトを……」

「転がっている瓶が、どう見てもモトロフ・カクテルなのは」

「手癖です」

ますます深くうつむく柳生の横で、沢田さんが口を開く。

「あたし……感動した」

「……はい。はい……？」

柳生はまだうつむいていたが、妙な空気に気付いて顔を上げた。

その横で、沢田さんははっきりと叫ぶ。

「あたし、感動した！　すごいよ、これ、みんな常和さんがやったの？」

「はい、まあ、うちには他にいませんので」

曖昧に答えると、沢田さんは柳生の肩を摑んでがくがくと振り回す。

「すっごいじゃない！　百均と段ボールでこのクオリティ、園の先生でもなかなかできないよ。しかもこれを家事しながらやるとか、すっごいって。あとね、骸骨の装備の絶妙なリアリティ、これはなかなか先生たちじゃできないわ。マニアならではよ！」

沢田さんは、柳生をなんだと思っているのだろう。思わぬところがウケているのはわかったが、なんとなく釈然としない。

そんな二人をよそに、三也と我藤はＤＫの飾りに近づいていく。

「すごい……すごい、すごいかっこいい！　爆弾とか、すっごい強そう！」

三也は想像の百倍くらい輝く笑顔で、骸骨の段ボール製防弾チョッキの胸を指さす。そこにくっつけたボールを爆弾だと気付いているあたり、さすがはオヤジの子どもだ。

三也は傍らに来た我藤を見上げ、ぴょんぴょん跳び上がる。

「ねー、あさひ、写真とって！　しゃしん！」

「いいぞ！　そこでポーズを取れ！　一緒に撮ってやる」

我藤がわざわざ重々しい声で答えると、三也はぷうと頰を膨らませた。

「やだ。これだけ、覚えておきたいの。たけるのつくってくれた、死体！」

「死体じゃなくて、骸骨だよ、三也……」

柳生はぎこちなく微笑んで言う。我藤は特につっこみは入れず、腰に手を当てた。

「ばかもん！　せっかくのモンスターを、正義の味方が倒してやらんでどうする！」

「……そっか！」

何やらピンと来たらしく、三也は自分の部屋に走って行った。ほどなく戻ってきた三也の手にあったのは、我藤が買ったヒーローの変身ベルトだ。我藤の手を借りてベルトを腰に巻くと、三也は興奮に頬を赤くして骸骨の前に立つ。

「こう？」

拙(つたな)いポーズを取る三也。

我藤は素早く自分で完璧なヒーローポーズを取る。

「こうして、こうだ！」

「こう！」

高い声で叫んで我藤の真似(まね)をすると、三也のポーズも意外なほど様になった。

我藤は拳を握り、力強く叫ぶ。

「いいぞ、三也！　最高に決まってるぞ！」

そのあとは元気いっぱいのヒーローごっこと撮影会が始まる。

沢田さんはそれを見つめて、ますます深い感心のため息を吐いた。

「感動した……感動する。うちの旦那(だんな)もこれくらいやってくれたらなあ」

「沢田さん、よろしければ、こちらに」

柳生は控えめに声をかけ、食卓の椅子を引く。

沢田さんは食卓に近づいて、またまた目を瞠った。

「すごいじゃない、これも常和さんが用意したの？」

「はい……市販品ばかりでお恥ずかしいんですが」

部屋の装飾に時間を取られたのもあり、食卓に並んでいるのは大したものではない。

ポテトチップスにチョコ付きのプレッツェルとジュース。この時点で糖分のオンパレードだし、食卓の中央には市販のサンドイッチもあった。三也の登園初日、苦言を呈された袋入りサンドイッチ。あれ以降弁当は手作りにこだわっているが、今回は油断した。家だからいいだろうと、四つに切っただけのサンドイッチを大皿に並べておいたのだ。

雷を覚悟する柳生だったが、沢田さんはぶんぶん首を横に振った。

「いいのいいの、全然いいの！　っていうか、ごめんね、萎縮させちゃって。お弁当もこれで、全然いいのよ」

「え？　いいんですか？」

きょとんとする柳生に、沢田さんは前のめりでうなずきかける。

「うん。子どもに食べやすくしてあって、しかもかわいいピックまで刺してあるじゃない。完璧よ、こういうのがいいのよ。お弁当のときも市販品使ったっていいの。こうすれば全然恥ずかしくない。手間は最低限で、ちょっと気遣ってあげたらいいの。ね、三也くん」

急に話を振られた三也が、ととと、と食卓に寄ってくる。

彼は安い合板の天板を掴み、じいっと大皿のサンドイッチを見つめた。そうして、ぱっと一切れのサンドイッチを指さして柳生を見上げる。

「星、かわいい！」

三也が見つけたのは、サンドイッチを刺していたピックだ。安いプラスチックのピックには、ファンシーな星がくっついている。それを見たとき、柳生の脳裏には砂漠の星空が広がった。軍事教練のキャンプで見た、満天の星。幼少期の自分が見上げた星空。

あのころの自分は、星が好きだった。

そして——三也も、星が好きだ。

自然と口元がゆるみ、柳生はそんな自分にぎょっとする。きちんと自律できないようでは、殺し屋は務まらない。しかし、今の場面では微笑んでいるのが自然かもしれない。

柳生はゆるい笑みを浮かべたまま、三也に声をかける。

「そうですか。好きですか、三也さん」

「すきだよ」

三也ははっきりと言い、急に柳生の膝によじ登ろうとしだした。

初めてのことに、柳生は慌てて三也を膝に抱き上げる。三也は柳生の膝に落ち着くと、サンドイッチをひとつつまんで、柳生のほうへ差し出した。

「どうぞ」

「え」

意味がわからず硬直する柳生に、三也は首をかしげる。

「あげるよ？」

ざわり、と心臓に不快感が這い上った。

ほんの刹那、目の前を過去の光景がよぎる。透明フィルムに包まれ、あちこちかじった跡のあるサンドイッチ。パンはからからになって、黒ずんだレタスがはみ出している。

喉に酸っぱいものがせり上がり、柳生は唾を呑みこんだ。

違う。今のは過去だ。過去の記憶が蘇っただけだ。

目の前にあるのは、小さな手が摑んだ四分の一のサンドイッチ。腐っていなくて、汚れていなくて、かわいいピックが刺してある、美しいサンドイッチだ。

それを、三也は、柳生にくれるという。

――なぜ。

問いたくて、うっすらと唇を開ける。そこへ、我藤の声が響いた。

「受け取れ。お前の分だ」

ちらと視線をやると、腕を組んだ我藤がじっと柳生のほうを見ている。強い目だった。

殺気は少しもなかった。柳生はからからの喉から、言葉を絞り出す。

「ありがとう、ございます」

サンドイッチを受け取ると、三也は満面の笑みを浮かべた。まるで、自分がごちそうを受け取ったときのように。そして三也は、ぎゅっと柳生を抱きしめると、告げた。

「ありがとう、たける」

拙い発音の短い言葉に、胸がとてつもなく重く、熱くなる。

苦しい。この感情がなんだかわからなくて、酷く苦しい。苦しみにさいなまれたまま、柳生は三也を抱き返した。温かな子どもの体温が、柳生の心臓に伝わってくる。そうしていると少しだけ安心できて、柳生はほっと息を吐いた。

三也は柳生の胸にむっちりとした頬をあずけ、ふふ、と笑う。

なぜ自分なんかの胸で、こんなにも幸せそうなのか。

子どもというのは、本当に、よくわからない。

3

沢田さんが遊びに来たあと、柳生たちの『普通の生活』は軌道に乗り始めた。

『ラブモンスター』の看板からは電気が消えたまま。オーナーは恐れをなして引っ越したらしく、置いて行かれたみらいは、しばらく部屋に引きこもっていた。柳生たちが慎重に確認していたところ、みらいは徐々に大学へ復帰、顔色もよくなっていっている。彼女は無事、恋愛という怪物の顎から逃れて戻ってきたらしい。

三也はたまに走り回るが、もう張り紙をされることはない。

ゴミ出しチェック男は、失業中で家に居場所がなく、朝はゴミ捨て場の辺りをうろうろするのが日課になっていたと判明した。柳生が『ラブモンスター』に押しこんだ夜に、我藤が空き巣のふりで男の自宅に侵入。男の家族を脅しつけたあげく、彼に退治されたふりで逃げ出すという芝居を打った。

結果、男はまだ無職だが、ベランダから家に入れてもらえるようになった様子だ。ゴミ出しのチェックも大分甘くなり、最近は滅多に来ない。

三也はだだをこねずに園に通うようになり、我藤の料理は進化中。

柳生自身に劇的な変化はないが、あえて言うなら、夜空を見上げる癖がついた。常に煤けた都会の空に、柳生は殺しの訓練で見た美しい砂漠の夜空の記憶を重ねる。そうしていると不思議と心が落ち着き、『普通の生活』にいらだつことが減るのだ。

「なんだか常和さん、いい男になったわよねぇ」

不意に沢田さんに声をかけられ、柳生は昼下がりの空から視線を戻した。

「僕は前と同じですよ、沢田さん。新品の眼鏡でもプレゼントしましょうか？　あなたなら、そうですね……ブロンズの細いフレームがお似合いだと思います」

冗談めかした色っぽさを含んで言うと、園のエプロン姿の沢田さんがけらけら笑う。

「やだな～、ドキッとしちゃう！　眼鏡は老眼鏡でお願いねぇ、っと！」

彼女が言い終える前に、三也が沢田さんの脚にひしっ、とかじりついた。

三也はそのまま柳生を見上げ、ぷうと膨れる。

「たける、くどいちゃだめ！　さわだ先生は三也のともだち！」

「あははは、くどいちゃだめ、そうよねぇ！」

「どこでそういう言葉を覚えるんだ、三也。口説いてないよ。ご挨拶してたんだ」

柳生が言うと、三也はにこっと笑って柳生のほうへ駆け寄ってきた。柳生は三也を受け止め、抱きかかえてくるりと一回転してから地面に下ろす。

「しゅた！」

三也は格好いいポーズで着地すると、にこにこと靴を履き替えに行った。

柳生は穏やかな面持ちで彼を見送りつつ、いつもどおり周辺に警戒する。

多少『普通の生活』に慣れたとはいえ、三也も柳生たちも『普通』ではない。三也はオヤジの遺言を知っている。遺言の内容は、おそらくはオヤジの秘密である『死者のリスト』のありかだ。いつ、誰が欲しがってもおかしくない。

もちろん柳生たちもオヤジの遺言は一刻も早く知りたいのだが、ミッションはいまだ完遂されず。即効性のある対策が思い浮かばないまま、三也は段々と明るさを取り戻し、今も自力でせっせと靴を履き替えている。小さな手で小さな靴を引っ張り上げる器用な様子は、見ているだけで和んだ。

「そういやさあ、常和さん。あれ知ってる？」

沢田さんの声に緊張の気配を感じ、柳生は彼女を見つめた。沢田さんの目にあるのは淡い恐怖と、同じく淡い信頼だ。彼女はふと、深刻な顔になって言った。

「最近このへん、出るって」

「出ると言っても、幽霊、じゃないですね。空き巣？」

鋭く聞き返す柳生に、沢田さんの声も鋭く、しかし小さくなる。

「変質者らしいんだよ。駅とか商業施設のトイレとかで被害が出てて……」

「駅と商業施設か。嫌ですね」

　柳生は正直に言う。見るからに怪しい公園のトイレに行くときは緊張しても、明るくきれいな商業施設のトイレなら『何も起こるまい』と思ってしまうのが人間だ。犯人がそれを理解してやっているなら、被害はまだまだ拡大する可能性が高い。

「朝比にも声をかけておきます。あいつは顔が怖いんで、パトロール代わりにうろついてもらいましょう。逆に変質者に間違われて捕まりそうですが、そうなったらラッキーと思って見捨てるとして」

　柳生が言うと、沢田さんは声を出して笑った。

「あははは、お熱いねぇ！　でも、助かるな。強面が街の治安を気にしてくれると、あたしたちはちょっと安心なのよ。常和さんのところは二人ともお父さんだしね」

　二人ともお父さん、という言い方には抵抗がないでもないが、沢田さんの声に宿った信頼らしきものは心地よい。自分たちはここになじめている、と思える。

「たける、かえろ」

　帰り支度を終えた三也を見て、柳生はしばし考える。

　柳生なら、三也を片手で抱えて走って移動できる。だが、周囲のお母さんたちは違う。痩せぎすか、肉がついていても運動不足に見える人がほとんどで、大荷物でよろめいている率も高い。あれで無防備な子どもたちを守れというのは、無理難題ではないだろうか。

柳生は三也の小さな手をぎゅっと握って、沢田さんに頭を下げた。

「安心しすぎず、安心してください。今日もありがとうございました」

「ました！」

三也がぴょこんと頭を下げる。柳生は三也を見下ろし、静かに言い聞かせる。

「三也。ました、だけじゃ伝わらないよ。そういうときは……」

「ありがとう！」

「はい、よくできました」

柳生がふわりと笑うと、周囲のお母さんたちの視線が集まってきた。目立ってしまったかな、と思い、柳生はなるべく庶民(しょみん)的な、気の抜けた表情を取るように心がける。

その気になれば老若男女(ろうにゃくなんにょ)を籠絡(ろうらく)できる柳生だが、今のところお母さんたちとは平和な関係を保っている。お母さんたちはそもそも忙しいし、柳生の容姿は現実離れして端整すぎるようだ。恋愛対象というより、アイドル的に鑑賞されているふしがある。

そもそも園児のお母さんの人気をリアルに集めている人物は、他にいた。

「失礼」

スーツ姿の男が歌うように言い、柳生たちと入れ替わりで園庭に入っていく。

「すみません」

柳生は素人(しろうと)の身のこなしで彼を避け、後ろ姿を見送った。

スーツ姿の長身の男だ。着ているものは形も色もベーシックなのに、生地は個性的。ゆるくウェーブのかかった髪を後ろに流した眼鏡の好男子で、どことなく魅力のあるインテリ男性だ。たまに園にやってくる外部の人間で、肩書きは心理士だったたと思う。

彼が入っていった途端に、お母さんたちの目の色が変わっていく。

女性問題を引き起こすなら彼が先だろう、と思いつつ、柳生は三也に意識を戻した。

「お疲れでした、三也さん。おやつはどうします？　お気に入りのパン屋さんでお芋のパンでも買いましょうか」

三也は赤いカラー帽子をかぶったままうつむいて、うん、と言う。

その声が上の空だったので、柳生は声を潜めた。

「元気がありませんね。誰か殺します？」

「殺さない！」

「ですよね。だったら今日はチョココロネでもいいかもしれません。ご存じですか、チョココロネ」

「知らない……」

「蛾の幼虫みたいな形で、中にクリームが入っているんですよ。面白くないですか？」

「ん……」

どこまでも返事のトーンが暗い。柳生はじっと三也を観察する。握った手の温度もいつもどおりだし、怪我もない。となれば何か悩みがあるのか。四歳児の悩みとは一体。

　そこまで考えて思考停止し、柳生はパン屋の前で立ち止まった。子どもの悩みはわからなくても、三也を温かくして、満腹にしておくことはできる。ならば下手に思い悩むよりも、できることをやるべきだろう。

　柳生は三也に微笑みかけた。

「三也さん、パン屋さんが」

「いじわるな子が、いる」

　ぼそり、と三也がつぶやいた。柳生は反射的に答える。

「殺しましょう」

「殺さない……」

　ぱっと暗い雰囲気をまとう三也に、柳生は慌てて弁明した。

「あ、はい。殺しはしません、殺したい気持ちだ、というのを言い間違えただけですよ。それで、ええっと、いじわる、ですか?」

　三也はパン屋の大きな窓に向かい合って、深くうつむく。

　柳生からは、ふっくらした頰で目元が見えない。

「うん。おもちゃとかくれるけど、いじわるもいっぱい。絵本のときとか、かえりの会とか、三也、椅子とられて、すわれなくて」

途切れ途切れではあるが、はっきりとした報告だ。素晴らしい。えらい。ものすごくえらい。心の中でめちゃくちゃに三也を褒めつつ、椅子を取る相手について考える。

それは誰だ。子どもか、大人か。

三也は続ける。

「三也、すごくこまる。たってると、先生に『座りなさい』っていわれるし……」

なるほど、ならばいじめっ子は子どもだ。

そこまでで我慢がきかなくなり、柳生は三也を抱き上げた。

「三也さん」

名前を呼んで、ぎゅっと抱きしめる。多分これが、普通の対応だと思う。

そうでないとしても、三也のためにはそうするべきだと思った。

三也は迷わず、きゅっと柳生の首筋にすがってくる。すがられたところが温かい。そのことをひどく強く感じた。柳生ははやる気持ちを抑えつつ、三也に言う。

「パンを買って帰りましょう。ミルクも温めますから、その話、詳しく聞かせてください。きっと……我藤も聞きたがるでしょうし」

◇

『信じられん……信じられん！　この世は信じられんことばかりだ！　あの三也が？　いじめられる？　ここは魔界か、煉獄か？　答えてくれ、プリティ・パンチ！』

「概念の美少女に向かって叫ぶの、やめてくれませんかね」

イヤフォンからこぼれる我藤の声に、柳生はほとんど事務的に言い返す。視線の先はこじゃれたカフェのガラスの向こう。アーケード商店街の向かいの店だ。

古びたビルを改装した店頭には植木鉢が並び、『自然派食品』の看板が出ている。

柳生はカフェでコーヒーをすすりつつ、自然派食品店を監視していた。

『俺はひとをいじめる奴がことさら嫌いだ！　子どもは箱に入れられるとすぐにルールを生む。しかしそのルールはあらゆる種類の暴力にすぎん！』

いつもより激しい我藤に、柳生は素っ気なく言う。

「我藤さんはどうせ、学生時代からいじめっ子に立ち向かったりしてたんでしょう」

我藤はイヤフォンの向こう——具体的には、家のパソコン前で答える。

『そうしたかったが、現実は上手くいかなかった。俺もガキだったからな』

「当然ですよ。当時はあなたも子どものルール上にいた。今は違う。今の僕らは……」

殺しのプロです、と言おうとして、言葉を切った。

今回もまた殺しはなしだ。三也との約束は守る。だとすれば。

『俺たちは、三也の保護者だ。そうだな？』

イヤフォンから聞こえた我藤の言葉に、柳生はかすかに笑う。

「はい。三也さんとも園とも協力し、加害者側の問題もあぶり出しましょう」

そのとき、向かいの店の自動ドアが開いた。

数人の集団が道に吐き出され、柳生は腰を浮かせる。

「……出てきた。行きます」

素早く支払いを済ませ、道に出る。自然派食品店から出てきた一団は、いかにも仲よさそうに談笑しながら先を行く。

柳生は現在、三也をいじめているという幼稚園の同級生、宮原一馬（みやはらかずま）の母親を監視していた。一馬を調査した結果、柳生と我藤がもっとも気になったのが、この母親だったのだ。

イヤフォンからは、我藤の得意そうな声が聞こえてくる。

『情報どおりだな。自然派食品店コンビニ、愛緑の店。二階では世界浄化マシンのセミナーを定期的に開催している。実体は、宗教団体クリーンクリーンの拠点のひとつだ。三也をいじめた子……宮原一馬の母親、ゆいは、育児のため自然食品にハマり、その後クリーンクリーンにハマった。今はどうだ？』

「信者に囲まれてます。駅に向かうようですね。後を追います」

柳生は唇をほとんど動かさずに報告した。

宮原ゆいは集団の真ん中辺りにいる。歳（とし）は二十代後半だろう。長い髪をきゅっと一本に結び、無地のカットソーに同色のカーディガン、細身のデニムという、とことんシンプルでベーシックな出で立ちをしている。派手な笑い方をする人々に挟まれて本人も微笑んでいるが、顔色は青白い。

疲弊(ひへい)しているな、と思い、柳生は目を細める。

宗教団体クリーンクリーン。いわゆる新興宗教団体だ。現状、事件を起こした記録はなく、むしろ浜辺のプラスチックごみ回収ボランティアなどを定期的に行っている。が、実態は自然派食品とインチキ機械、偽薬などを売るマルチ商法的詐欺(さぎ)団体、との噂(うわさ)もある。内部では軽犯罪が横行している可能性があった。

「――そうかあ、ゆいちゃんは、ママ友はいないんだ？」

「そうですね。仕事が忙しくて……。今日も、このあと仕事でして」

クリーンクリーンメンバーとゆいの会話が、柳生のところまで届いてくる。

その間も、イヤフォンからは我藤の声が流れていた。

『張り込みの結果、彼女は最近極端に帰りが遅い。一馬くんをぎりぎりまで幼稚園の預かり保育に預け、家に連れ帰ってから再び仕事に出て行くこともある。父親も帰りが遅いからな、一馬くんは深夜まで一人きりだ。不用心極まりない』

これに関しては柳生も完全同意だ。一馬は三也と同じ四歳。当然ながら、一人で家に置いておける歳ではない。それが理由のすべてではないだろうが、親に放り出された子どもは荒れるか、深く絶望して虚無的になっていくものだ。

柳生の視線の先で、宗教団体の面々は拍手を始めた。

「浄化機械のローンあるもんね。世界をきれいにするために頑張ってて、えらい！」

「えらいぞ！　プラスチックで駄目になった地球を、きれいにしよう！」

「ありがとうございます……」

深々と頭を下げるゆいの声は、周囲に比べると力ない。

『ゆいは地方から出てきてすぐに出産。夫婦仲も冷え切っており、育児ノイローゼ状態が長かったらしい。メンタルがよくなかった影響で友達もできず、孤立していたようだ。いかにも宗教にハマりやすい状態だな』

耳元で我藤が言う。確かに、たまに園で見かけるゆいは黙りこくって暗い顔をしており、誰かと喋（しゃべ）っているのを見たことがない。真っ当ではない宗教団体やマルチが忍び寄る相手は、大体において孤独な社会的弱者だ。

宗教団体の女が、なれなれしくゆいにもたれかかって言う。

「でもさ、やっぱり、この機械は世界中に広めなきゃならないじゃん」

「はい……」

「だからゆいちゃん、もっと頑張ろう、ママ友作って、是非（ぜひ）セミナーに連れてきて！」

クリーンクリーンメンバーは、声も顔もきらきらに輝いていた。

ゆいは引きつった笑いを浮かべ、深く頭を下げる。

「頑張ります」

下がったままのゆいの頭を取り囲み、メンバーは派手に手を叩く。

「えらいぞ！　クリーン！」

「えらいえらい、やればできる、クリーン！」

周囲を行く人々も、さすがに何ごとかと驚いた様子で、メンバーたちのことを避けていく。そんなことは一切気にしないクリーンクリーンメンバーたちは、駅までたどり着くと、やっとゆいを解放した。

「じゃあね、ゆいちゃん！　頑張ってね！」

「頑張ってね！　明日からはゆいちゃんが世界の主人公だよ！」

木霊(こだま)のように皆が同じことを言って手を振る。

ゆいは頭を下げて、メンバーの姿が改札に消えてから、のろのろと顔を上げた。

「接触します」

柳生は小型マイクに向かって囁(ささや)く。

『了解。上手くやれ。俺はそろそろお迎えに行く』

我藤の返事を聞きながら、柳生はスマホ片手にゆいに歩み寄った。

「こんにちは。あの、この辺りの方ですか？　僕、このカフェを探してるんですが」

「え？　あ、いえ、私……住んでいるのは、隣の区で」

「あ。ひょっとして」

柳生が声のトーンを跳ね上げると、ゆいもぱっと表情を変える。

「あ……三也くんの？」

「そうです、常和です！　一馬くんのお母さんですよね。奇遇だな」

「覚えててくださったんですか、私の顔」

心底驚いたような声を出されたので、柳生はひたすらに穏やかな笑みを浮かべた。ここで色気は必要ない。大事なのは安心感、信頼感、そして、適度なちょろさだ。

「はい。一馬くんが三也と仲良くしてくれてるみたいだから、お話ししたいなと思ってたんです。そうだ、今日、これからお暇ですか？　僕、カフェ巡りが好きなんですが、ご一緒しませんか？」

「いいんですか……？」

ためらいつつも、ゆいの目はどことなく粘ついた光を帯びる。属する宗教団体から『ママ友』を作れと要求されたゆいにとって、柳生はカモに見えたことだろう。

しかし、すぐに彼女は表情を暗くする。

「すみません、私、これから仕事で……」

「午後もお仕事なんですね。大変だ。疲れたお顔されてますけど……大丈夫？」

いかにも心配そうな声を出し、首をかしげてゆいの顔をうかがった。疲れて弱っている人間につけ込むには、相手を見ていること、心配していることを告げるのが大事になる。クリーンクリーンの人間が威圧的な態度だったから、なおさらのこと。

「常和さん……」

案の定、ゆいの瞳は一気に揺らぐ。うっすらと涙の膜（まく）が張った目で柳生を見つめ、何かを言おうとする。そのとき、ゆいのスマホの着信音が小さく響いた。

「すみません、電話みたい……ごめんなさい」

ゆいは柳生に何度も頭を下げてから後ろを向き、斜めがけバッグから出したスマホを耳に当てる。最初は恐縮した様子だったが、すぐに彼女は驚きの声を上げた。

「えっ？　そうなんですか。はい。はい……はい。お疲れ様です」

ゆいは何度かうなずいたのち、戸惑いの表情で柳生に向き直る。

「あの。お仕事、今日は休みになりました。職場に、ガス臭いと通報があったそうで」

「えっ、大変でしたね！　でも、出勤前でよかったですよ。一馬くんのお母さんだけでも、危ない目に遭（あ）わなくてよかった」

柳生はゆいの目を真っ直ぐに見ながら、真摯（しんし）な声音（こわね）で告げた。ゆいの勤め先を調べ上げ、嘘（うそ）の電話をして臨時休業させたのは我藤の仕業だ。だがもちろん、そんなことはおくびにも出さず、柳生はゆいの目が大きく揺らいでくるのを待つ。

そうしてダメ押しに、はにかむように微笑む。

「でも、すみません。僕、それを聞いて、ちょっと嬉(うれ)しいと思っちゃった。お仕事お休みなら、カフェに行けますもんね？　僕って園の保護者に友達が全然いなくって。一馬くんのお母さんとおしゃべりできるかもって思ったら、すっごく嬉しかったので」

最後はわざと子どもっぽい笑みを浮かべた。

ゆいは目を瞠(みは)って聞いていたが、その笑みを見た途端に、自分も崩れるように笑う。

「嬉しい。あの、私も……すごく、嬉しいです……」

涙声で言うゆいを慌てて慰(なぐさ)めながら、柳生は確信する。

――彼女は、落ちた。

その日、柳生が団地に帰ったのは、夜の八時過ぎだった。
「おっ、帰ったか、柳生。俺たちは先にメシにしたぞ」
扉を開けると我藤の濃い顔がＤＫからのぞきこみ、続いて三也の顔が生える。
「おかえりー、たける！」

「ただいま帰りました。遅くなってすみません」

柳生は脱いだ靴を整え、ついでに三也の靴も整えた。小さな子ども靴は土まみれでほこりっぽい。三也は今日も、たっぷり外で遊んだらしい。

柳生が手を洗ってDKに入ると、待っていました、とパジャマ姿の三也が寄ってくる。

「たける、今日のごはんは、ハンバーグ！」

「ハンバーグ？　あんな高尚なものを、このインスタント暗殺者に作らせたんですか？」

かなり本気で驚いて、柳生は我藤のほうを見る。我藤は鮮やかな色でアニメキャラが印刷されたエプロンをまとい、フライパン返しを片手に、真顔でたたずんでいた。

「柳生、お前」

そのままつかつかと近寄ってくると、やたらと近い位置でじっと見つめてくる。

「なんです、相変わらず怖い顔ですね」

柳生は嫌そうに眉根を寄せて見せるが、避けることはしなかった。

我藤はしばらくのちに、低い声で囁く。

「荒事のときは俺に相談しろと言ったろうが」

「言いました？　そんなこと」

くすり、と笑い、柳生は我藤の胸に手をついて押しのける。

「あとで諸々（もろもろ）報告しますよ。まずは食事がしたいな。カフェで摂取したカロリーはそのあとほとんど使ってしまいましたから」

三也はすでに子ども椅子に腰掛けており、席に着いた柳生を見上げてきた。

「たける……殺した？」

「まさか！　殺してません。少々襲われましたので、まいてきただけです」

「おそわれた。だれに？」

三也は真顔で見上げてくる。

果たして四歳児にそのまま説明していいものか迷っていると、脇からカレー皿に入った料理がテーブルに置かれる。トマトと肉と、しっかりと火の通った甘いタマネギの匂いが広がって、柳生は思わず深呼吸してしまった。

「すごいですね。見るからにハンバーグじゃないですか」

「俺の進化の速さを甘くみるな。で、襲ってきたのは、あの団体か？」

我藤がテーブルに手をついたまま聞いてくる。声音はどこか尖(とが)ったままだ。

柳生は少しためらったのち、再度口を開いた。我藤と三也、両方に話しかけるため、言葉を簡単にかみ砕く。

「そうです。僕は今日、怪しい団体に捕まったひとを助けに行ったんですよ」

「きゅうしゅつ作戦か。つかまったひと、ぐるぐる巻きだった？」

真剣な面持ちの三也を見ていると、自然と顔がゆるんでしまう。

ゆるんだ顔のまま、小さく首を横に振った。

「いいえ。ただちょっと、優しいお友達がいなくって、疲れちゃってました。だからまず、僕がそのひとのお友達になったんですよ」

ゆいのことを思い出しながら、柳生は言う。

信頼を得るのは簡単だった。真面目に、丁寧に、優しく話を聞いてやるだけでよかった。ゆいの人生は孤独だった。ほんの少しの不器用さから孤立しがちな学生時代。自分に興味のない両親。そこから逃れるように結婚したものの、夫は育児に非協力的であるどころか、家に居ることすら稀らしい。なんなら金もほとんど家に入れないのだとか。子が生まれた途端に父となる重責から逃げ出して、いまだに逃げ続けているのだ。

ゆいに与えられた孤独は、孤高ではなく依存体質を生む。

ゆいは安心して依存できる相手を探し回り、クリーンクリーンに出会ってしまった。ゆいはクリーンクリーンのことは「環境保護サークル」としか言っていなかったが、内部でマルチ的な商売が行われていることまで、柳生に向かってぺろっと喋ってくれた。

「たける……えらいね」

三也が心底感心した声を出したので、柳生は戸惑った。

「何が偉いんです？　僕には、下心もありましたし……」

言い訳のように言い、トマト煮込みハンバーグに箸を入れる。一馬の母親が宗教をやめたからといって、一馬の意地悪が止まるかどうかなどわからない。それでも、自分にできることはこれくらいだ。肉汁がじわっと染み出てトマトソースと入り混じっていくのを眺めていると、ぽん、と三也の小さな手が柳生の頭に乗った。

「えらいよ。えらい、えらい」

三也は椅子の上に膝立ちになり、柳生の頭をぽんぽんしている。決まり悪い気分でそれを受けていると、不意に胸が熱くなった。噴き上がる記憶。オヤジ。その大きな手。『よくやった』という声と共に、大きな手が自分の頭に乗る。あれは、柳生が初めてひとを殺したときだ。これは、あのときの気持ちだ。

そのあまりの鮮明さに、柳生はぎょっとした。

「……ありがとうございます」

柳生はもごもごと返事をし、ハンバーグと共に戸惑いを噛みしめて呑みこむ。肉とトマトの味がやんわりと口の中に広がり、優しい匂いが鼻から抜けていった。不味くない。いや、美味しい、のか？　認めてしまっていいのだろうか。何かの錯覚、もしくは運動後の加点があるような気がするが、少なくとも我藤の腕が上がっているのは確実だ。

我藤は確実に変化している。

当の我藤は、食卓の向こうでじっと柳生を見つめて言う。

「で？　そのお友達は、怪しい団体から抜けられそうだったか？」

「手練手管でごまかして、予約していた脱宗教カウンセリングにつっこみました。あの段階なら足抜けは可能でしょう。ただしその怪しい団体、少々乱暴でしてね」

柳生は言い、ハンバーグの後味が残っている間にほかほかのご飯を口に放りこむ。

我藤の眉根はぎゅっと寄せられたままだ。

「お前が追いかけられたか」

「まあ、上手くまきましたよ」

つぶやきながら、柳生は夕方のことを思い出した。

ゆいをカウンセリングに送ったのち、柳生が一人になったタイミングを見計らって暴漢が現れたのだ。暴漢の数はざっと五人。暴力のプロとも言いがたい若者たちだったが、工具やら棒きれやら特殊警棒やらの武器を持っていた。素人一人なら絶対に勝てない。

柳生は、ハンバーグの横に山盛りになっているブロッコリーを箸でつまんで続ける。

「素人のふりで切り抜けるのは結構手間でしたが、襲われたのが路地でしたから、相手の攻撃に軽く当たっては軌道を逸らしました。壁やらパイプやらお仲間やらに攻撃を当てて戦力を削いでいき、あとは大型商業施設へ駆けこんだんです」

「商業施設……待てよ、読めたぞ。お前の狙い」

眉間の皺をつまみつつ我藤が言うので、柳生はつまらなさそうな声を出す。

「僕の狙いが読めたからって、何もえらくないですからね。現場ですぐに方策を立てて実行できるかが重要なんです。ここのところ、このへんの商業施設に警察の巡回が来ていることは知っていましたから。上手いこと追っ手を誘導して、警察に逮捕させました」

そうなのだ。柳生は追っ手を引き連れて走りながら、最近の変質者の噂を思い出した。あの噂のせいで警察は商業施設を警戒している。使えるものはなんでも使うのが、ライ、もとい柳生のやり方だった。

我藤はしばらく柳生を睨んでいたが、やがて、諦めたようなため息を吐く。

「まあ、大きな怪我がないならよしとするか。どうだ、三也？」

話を振られた三也は、悩ましい表情を作る。

「三也は、ちいさいけがでもいやだけど」

三也の言葉に、柳生はぎょっとしてシャツの袖を伸ばした。致命傷はひとつも受けてはいないが、シャツの下にはいくつか派手な痣ができているのだ。

「……大丈夫です。僕は結構強いんですよ」

追及されないよう、柳生は必要以上に朗らかな笑みを浮かべた。

三也はそんな柳生をじいっと見つめる。

幼い視線は思いのほか強く、柳生は重いプレッシャーを感じた。

何か言い訳をするべきなのかもしれないが、具体的には何を言えばいいのかわからない。

柳生が居心地の悪さで食べる手を止めたとき、三也はやっと視線を逸らして言い放つ。

「……三也も、強くなる」

「強く、ですか」

オウム返ししてみたものの、柳生にはいまひとつピンとこない。

この、幼くて柔らかい存在の強さとは、どういうものだろう。

答えが出る前に、我藤がいきなり腕の筋肉を盛り上げて見せつけてくる。

「そうだ。三也は俺と修業をした！　いじめてくるお友達を撃退するための修業だ！」

「そう！　三也、強くなる！」

三也も我藤の真似（まね）をした。

傍目（はため）には大変かわいらしい光景だが、柳生はぎょっとする。

「待ってください、三也さん。まさか、我藤から殺しの技を教わったんですか？」

「ちがう！　三也、殺しはイヤ」

思い切り首を横に振られ、柳生はますますわからなくなった。困惑顔のまま、我藤と三也を見比べる。

「そうですよね。でも、だったらこの男に何を教わったんですか……？」

我藤はすっくと立ち上がり、両手を腰においてはきはきと喋り始めた。

「俺が教えたのは心構えだ。ヒーローの心得、一！　相手の目を見る！」

「あいてのめをみる！」

三也も椅子に座ったまま腰に手をあて、声を張り上げる。

我藤は重々しくうなずき、続けた。

「二！　何か言われたら言い返す！」

「いいかえす！」

「三！　味方を作る！」

「いろじかけ！」

「四！　逃げるときは全速力！」

「かけっこはやいのは、かっこいい！」

そこまで言ってから、三也はやりきった顔で柳生に笑いかけた。

感想を求められているのだな、と察し、柳生は曖昧(あいまい)な笑みを浮かべた。

「色々と思うところはありますが、得るところもないでもないでもない、と申しますか」

「おい、結局俺の教えは真っ当じゃないと言いたいのか！」

我藤はがなりたててくるが、柳生は言葉を返さなかった。少し考えたのち、三也に向き直って自分の膝に手を置く。

「三也さん。僕からも助言があります」

「なに？」

柳生の目が真剣なのに気付いたのだろう。三也も柳生にきちんと向き直った。

　柳生は三也の目を見つめて告げる。

「『普通の生活』をしてみて身にしみました。殺さないで生きるのは、殺して生きるよりも難しい。殺した相手は追って来ませんが、生きていれば復讐しに来ますから」

「ふくしゅう……」

　三也は慎重にその言葉を口にした。柳生は一度唇を嚙み、力をこめて続ける。

「だから三也さん。あなたが戦うときは、絶対に相手を半端に痛めつけてはいけません。やるなら本気で、何をしてでも相手と仲良くなる。それか、全力で逃げることです」

「俺の言ってることと大体一緒じゃないか」

　我藤は呆れたような声を出すが、柳生は気にせず三也を見つめた。

　これから三也がどう生きるのか、柳生にはわからない。いずれオヤジの遺言を柳生か我藤に預けたとしても、それで三也がただの一般人になれるのかはわからない。

　わからないが、なれたらいい、と柳生は思う。

　三也はまだ誰も殺していないのだから、可能性はゼロではない。

「たけるも、そうする?」

「……はい?」

　三也の問いの意味が取れず、柳生は三也を再び見つめた。

　三也は柳生を見つめ返して、もう一度言う。

「たけるも、仲よくなるか、全力でにげる?」

「ええ、今はそうしています」

「それで、たけるは、殺されない?」

柳生は口を開き、固まった。

三也の色の薄い大きな瞳が、オヤジにダブる。オヤジの目のことはよく覚えている。幼い自分はひたすらに背伸びをして彼の目をのぞきこんでいたから。オヤジの目を見つめて、その奥に何があるのか見ようとしていた。そこにあるであろう心を見たかったから。

三也はオヤジではない。なのにどうして、同じくらいの圧を与えてくるのだ。

「いいか、三也。こいつは殺さないし、死なない」

低く静かな声が辺りに響き、柳生ははっとする。

我に返ると、向かいにたたずんだ我藤が自分を見ている。不思議なくらい静かな眼で柳生を見つめて、我藤は言う。

「こいつはお前から遺言を受け取るまで、絶対に死なない。そうでなくては、俺の競争相手にはなれない。そうだな、柳生?」

柳生は唾(つば)を呑みこみ、いつの間にか渇いていた喉(のど)を潤す。

そうして挑戦的な視線を取り戻すと、我藤をねめつけた。

「当然ですよ。『普通の生活』がいかに危険なミッションだとしても、やりきります」

「それでこそ、オヤジの愛弟子だ」

我藤はにやりと笑い、三也を指さす。

「いいか、三也。お前のオヤジは世界一の力を持っていたが、最期までそれを使おうとはしなかった。力を持っているが使わない。それが本当の強い奴だ。お前もそうなれ！」

「……うん！」

うなずいた三也の顔は緊張していたが、瞳はかすかに輝いていた。

「あらぁ、今日はパパ二人と来たの！　よかったねえ、三也くん」
翌朝、柳生と我藤は二人で三也を幼稚園まで送りに来ていた。
園の門に着くなり沢田さんが明るい声を出すが、柳生と我藤は緊張の面持ちである。左右から繋いだ三也の手を放せず、双方ガチガチに緊張している。
昨日はあんなに大きなことを言ったくせに、自分も我藤もびっくりするほど情けない、と柳生は思う。こんな気持ちは初めてだ。子どもを戦いへ送りこむのがここまで恐ろしいことだとは。今まで何の感慨もなく名前を聞いていた戦国武将たちも、こんな思いをしたのだろうか。そんなことを考える柳生を、沢田さんが怪訝そうに見上げてくる。

「……どうしたの？」

柳生は問いに答えようと口を開けたが、先に声を発したのは三也のほうだった。

「あのね、三也、今日、かずまくんとおはなしする！」

はきはきとした三也の言葉に、沢田さんは少し戸惑った様子だ。

「そうかぁ。あれ、三也くんって、一馬くんと仲がよかったんだっけ？」

態度からして、沢田さんは三也と一馬の仲に勘づいているようだ。柳生は地獄で蜘蛛の糸を見つけた気分になり、沢田さんにぎこちない笑みを向ける。

「あの、沢田さん。ご無理のない範囲でいいのですが、今日は三也のことを、ことさら気をつけて見ていてやってくださいませんか……」

「はーん。なんとなく理解した。任せて！」

沢田さんは柳生の目をのぞきこんだのち、力強くうなずいてくれた。柳生は安堵のため息を吐くが、まだ三也の手は放せない。

ついには三也本人が、呆れた顔で柳生と我藤を見上げた。

「たける、あさひ、手、はなしてくれないと、くつ、かえられないけど」

「すまん、もう少しだけ……俺の呼吸が整うまで」

「朝比、ここはひとつ、いっせいのせ、で放しませんか？」

「いい案だが、お前にあわせるのは癪だ。せーの、のかけ声で放すことにしよう」

「かけ声はどっちでもいいですよ。行きますよ……いっせいの、せ！」

「せーのーせッ！」

同時に叫ぶ、柳生と我藤。しかしその手は三也から離れない。

三也は深いため息を吐いて、自分から二人の手を振りほどいた。そのまま靴箱に向かっていく三也を、柳生と我藤は見送ることしかできない。

と、そのとき、背後から控えめな声がかかった。

「あの……常和、さん？」

「あ、ゆいさん」

気配だけで相手の正体はわかったが、柳生はわざわざ振り向いてから驚きの表情を作った。ゆいは一馬と手を繋ぎ、少しはにかんだような表情で柳生を見上げる。今までは園で会ってもうつむいてばかりだったのに、今日はいくらか印象が朗らかだ。

柳生はひとに警戒心を抱かせないタイプの笑みを選んで浮かべる。

「昨日はどうでしたか？　すみません、カフェ巡りの途中でゆいさんだけ置いていくことになってしまって」

「いえいえ、気にしないでください！　あのあと、あのサロンの方と色々お話しできたんですよ。初めてお会いしたはずなのに、なんだかものすごく話しやすくてすっきりしちゃって。むしろ常和さんにお礼を言いたいです」

ゆいがサロンと言っているのは、柳生がゆいを押しこんだ脱宗教カウンセリングのことだ。まったく気付いていない様子のゆいに、柳生は穏やかに返答した。

「そうでしたか。よかった」

「本当にありがとうございます。偶然あんないいところに連れて行ってくださるなんて、常和さんは、私の世界をよくしてくださる、神様かもしれませんよね……？」

ゆいはそんなことを言い、柳生のことをうっとりと見上げてくる。これはまずいな、と直感し、柳生は超高速で彼女の好意回避方法を考える。

そこへ、我藤が口を挟んだ。

「こいつが神様なわけないでしょう！　こう見えて雑な男だ、守れるのはせいぜい三也一人だけです。こいつは三也の保護者ですから」

「そう……そうですよね。突然、すみません」

三也の保護者、という言葉で我に返ったのか、ゆいは深く一礼する。

そうして自分の子どもを見下ろすと、どこか虚無めいた顔になって手を引いた。

「ほら、行くわよ、一馬。お友達にご挨拶して」

一馬は幼児ながらに体格がよく、どことなくふてぶてしい面構え（つらがま）えの子どもだ。すでに三十代、四十代くらいの貫禄すらある。

そんな彼が見つめているのは、靴箱。正確に言えば、靴箱の側に立つ三也だった。

三也は靴を履き替えたのち、ぎゅっと両手の拳を握って一馬を見ている。

一馬ももちろんそれに気付いている。険しい顔で見つめ返す。

「一馬？」

事態がよくわかっていないのは、ゆいだけだ。

ひりつくような緊張感の中、ついに一馬が口火を切る。

「おい、そこの『みゃー』。またないてみろよ、みゃー、って」

明らかに喧嘩腰の先制攻撃。しかも、この歳にしてはかなり口が達者だ。

三也はこれに対抗できるのか。

柳生と我藤、ついでに沢田さんは、緊張の面持ちで三也を見やる。

「…………」

三也は黙りこくっている。が、視線はじっと一馬の顔に据えていた。

一馬はむっとした様子で、食いつくように叫ぶ。

「にらんでんじゃねー、ちび、のろま、ほっぺぽよぽよ！　靴のはきかた、へんてこ！」

「ほっぺはいいだろうが、ほっぺは！」

我藤が横でうなるのが聞こえたが、柳生には何も言う余裕がない。どんな修羅場を前にしたときよりも、緊張している自覚がある。

「こら、一馬っ！　お友達に何言ってるの！」

ゆいがヒステリックに叫ぶ。それでも子どもたちは睨み合ったままだ。

「………なんだよ、つまんない」

先に視線を逸らしたのは、一馬だった。ふん、と鼻を鳴らして、靴箱のほうに行こうとする。三也ははっとし、一馬に駆け寄って袖を摑んだ。そして、ついに叫ぶ。

「仲よしになろ！」

「よくできましたっ！」

ついつい叫んでしまう柳生。横で我藤もガッツポーズをしている。

しかし、一馬は顔を怒りと嘲りにゆがめた。

「は……？　やだね！　なんでお前みたいなのろまと！」

「こら!!　すみません、ほんとに……」

ゆいは慌てふためき、一馬をつかまえて頭を下げさせる。

ここにきてやっと、さやか先生もうろたえながらやってきた。

「どうしたの～、一馬くん、三也くん。お友達とは仲良くだよぉ」

このまま大人が間に入って終わってしまうのか。昨日の今日では、これが精一杯か。

息を吞んで見守る柳生と我藤の目の前で、三也はスモックのポケットに手を突っ込んだ。

そうして何かを取り出すと、大事そうに一馬に差し出す。

「かずまくん、これ、あげる」

「んだよ、これ」

差し出されたものを受け取って、一馬はしげしげと見つめた。

そして、ド派手な悲鳴を上げる。

「ひ……ぎゃああああ!!」

一馬が必死に放り投げたものは、ふわりと風に乗って漂ったのち、園庭に落ちた。

柳生はそれを見下ろし、つぶやく。

「蜘蛛、ですか」

「だいじょうぶだよ、かずまくんの好きな蜘蛛だよ。まえ、三也のおようふくの中にくれたおもちゃの蜘蛛の、おかえし。ほんものの蜘蛛あげるから、なかよくなろ?」

三也の主張を聞いて、大人たちの間には微妙な空気が漂う。

一馬はいじめの一環として、三也の服に蜘蛛のおもちゃを入れたことがあるのだろう。

しかし三也はそれを『プレゼント』だと勘違いして、お返しをしてしまったのだ。

「あなた、そんなことしてたの!?　謝りなさい！　お友達に謝って！」

ゆいは真っ青になったが、一馬はパニック寸前で腰を抜かしている。三也はしゃがみこんで手のひらに蜘蛛をすくうと、再び一馬に歩み寄った。

「ひ、ひいっ、ひい……」

尻餅(しりもち)をついたまま後退する一馬。

三也は一馬の前で自分も四つん這いになると、真摯に言う。

「かずまくん、三也も、蜘蛛すき。蜘蛛のおはなししよ？　三也のパパ、毒蜘蛛とか、毒蛇とかのおはなし、いっぱいしてくれたよ。ほら、このこは、毒のないやつ」

ほら、と、手のひらに乗せた蜘蛛を一馬に差し出す。

柳生は見かねて、口を挟むことにした。

「三也、そのへんにしておこうか。多分、その子は蜘蛛が嫌いなんだと思うよ」

「常和さん、本当にすみません……うちのバカが」

ゆいはうんざりした顔で頭を下げてくる。

「いえいえ、バカだなんて。こちらこそ、加減がわからなくてすみません。ほら、三也、そのへんにして……」

「……する」

柳生が言い終える前に、一馬がぽつりと言う。

なんだろう、と思って見ると、一馬は地べたに座ったまま、呆然と三也を見つめていた。彼は言う。

「三也くん、ほんものの蜘蛛さわれるの、すげえ。おはなし……する。蜘蛛のおはなし」

「！　やった！　かずまくん、ともだちだね！」

三也はぱあっと笑顔になると、一馬の頭をぽんぽん撫でた。もはや完全に上から目線である。我藤はやっといかつい肩から緊張を抜き、つぶやいた。

「なかなか前途有望だな、三也は」

「ですね。僕は元々わかってましたよ」

柳生はつんとして言い返す。

子ども二人が落ち着くと、周りの大人たちが動く番だ。手を繋いで教室に行く一馬と三也を見送ったのち、ゆいは柳生と我藤にひたすらに謝罪をし、柳生と我藤はそれを打ち消し、沢田さんが大笑いしながら間を取り持ってくれた。柳生たちは担任のさやか先生にも経緯を説明し、やることがなくなって園の門から外に出る。

「スピーディーな解決だったな。三也には、早い、安い、上手いの素質がある」

満足げな我藤に、柳生は小さく肩をすくめた。

「三也さんを勝手に安くしないでください。それと、今日はお迎え、お願いしますね」

「こちらの納品は昨晩に済んでいる、お迎えは問題ない。お前はこれから、例の追加調査だったか？」

我藤に確認され、柳生は浅くうなずいた。

「放っておくには危険すぎますからね、あそこは」

柳生が放っておけないもの。それは宗教団体クリーンクリーンだ。

三也と一馬の問題はこれで一歩前に進んだが、一馬の母親、ゆいがハマっていたクリーンクリーンはきな臭い。放っておいては、いずれ自分たちの『普通の生活』を脅かしてくるのでは……という漠然とした予感があった。

我藤は、ふむ、と考える風情を見せる。

「俺もあの団体は気になっている。何せ、お前が襲われたタイミングが早すぎる。よっぽど荒事に慣れていない限り出せん速度だぞ、あれは」

「早い、安い、上手いの我藤さんが言うなら、そのとおりなんでしょう」

柳生は冗談めかして言うが、我藤は案外真顔だ。

「今後の調査も油断せずに行けよ。『普通の生活』も意外と物騒だ。このへんに出るという噂の変質者も、いまだに捕まっとらんようだし」

「変質者の件……確かに逮捕に手間取りすぎですね」

なんだかんだと言われつつ、日本の警察捜査は精度が高い。彼らの目をかいくぐる職業だった柳生たちはその実力が身にしみている。柳生や我藤が殺し屋として逮捕もされずに生き延びてきたのは、殺し屋組織が根回しともみ消しをしていたからだ。

一介の変質者に、そんなことはできないはず。

考えこみながら我藤と別れ、柳生はクリーンクリーンの調査に向かった。

◇

北東京から電車を使って四十五分ほど。

柳生が向かったのは、日本有数の繁華街の路地にある小さなカフェだ。

見た目はよくある程度にお洒落で、よくある程度に落ち着いている。古いビルの一階にアンティークな扉を付け直し、二つ折りの木製看板に書かれている店名は、『おやさいカフェ・グリーン』。

「びっくりするほどひねりがない店名ですね」

ほとんど声には出さずにつぶやいて、柳生は手元のカードと看板を見比べた。

端がへし折れたカードは、昨日の襲撃者のポケットからすり取ったものだ。店名と地図しか記載がなく、一見ただのショップカードに見える。が、クリーンクリーンが自然派食品コンビニを根城にしていると知ったあとに見ると、途端に怪しげに見えてくる。

いかにも自然派食品を使っていそうな、この『おやさいカフェ・グリーン』もまた、クリーンクリーンの拠点のひとつなのではないだろうか。

まずは調査だ。柳生はごく普通の客の雰囲気をまとい、カフェの扉に手をかける。

と、そのとき。

「ひょっとして――」

不意に何者かの声がして、柳生は動きを止めた。

明らかに、自分に向けられた声だった。さっきまでまったくひとけがなかった路地なのに、一体何者だ。見れば、路地の入り口に一人の男が立っている。

「こちらでお茶を飲まれるつもりでした？」

どことなく硬質で知的な声で言いながら、男はゆったりと歩み寄ってくる。

近づいてくるにつれ、彼の洒落た出で立ちが目に入った。縫(ぬ)い目のきっちり揃(そろ)った分厚い布の白シャツをボタンをふたつ開けて着込み、その上になめらかな質感のキャメルの上着。短い靴下に手縫いの革靴を履き、くせ毛はラフに後ろへ流してべっこうの眼鏡をした、癖のあるいい男だ。柳生は、この男を知っている。

洒落た色男として幼稚園のお母さんたちの人気を集める、心理士だ。

「あ……心理士の先生ですか？」

柳生は警戒心を押し隠して、無邪気な驚きの表情を作った。

相手も軽く目を瞠り、柳生の前で立ち止まる。

「あれ、あなた、ええと、園児のお父さんですよね？」

「常和です、どうも。偶然ですね」

礼儀正しく頭を下げながら、柳生は自問する。果たしてこんな偶然はあり得るだろうか。ひょっとしなくても、この男もクリーンクリーンの一員なのではないか。柳生の警戒心は、自動的に最高レベルまで跳ね上がる。

「亜多夢宗一郎です。お茶でしたら、もう少しいい店を紹介できますよ」

亜多夢と名乗った心理士は、目尻に皺を寄せて笑った。人なつこい犬が笑ったような笑顔だ。何を望んでいるのか、今ひとつ読み取りにくい顔だった。

「ありがたいですが、今日はこの店で約束がありまして」

柳生はとっさに嘘を吐く。亜多夢の反応からして、彼はこのおやさいカフェがどんな店か知っているようだ。できることなら、もっと情報を引き出したい。

亜多夢はそんな柳生を見下ろしてにこにこ笑い、不意に言う。

「嘘を吐いてますね？」

「はい？」

思わず聞き返す柳生。亜多夢は上着のポケットを探り、小さなプラスチック玩具を取り出した。ひとつ、ふたつ、みっつとくだらない玩具を取り出したのち、やっと名刺入れを探し当てたらしい。柳生に名刺を一枚差し出して、なおも笑い続ける。

「心理学を学んだ者として言わせていただくと、あなたには嘘を吐く兆候がなさすぎる。ということは、あまりにも無邪気な方か、あまりにも嘘が上手い方ということになる。すみませんが、わたしはあなたが嘘吐きのほうだと思いました」

柳生は憮然とした顔を作って、亜多夢の名刺を受け取った。

「東景大環境学部准教授、臨床心理士……准教授だったんですね」

「はい。不快そうなお声ですね。わたしの切り出し方がまずかったなあ。常和さん、あなた、クリーンクリーンにご興味が?」

唐突にクリーンクリーンの名を出され、柳生は珍しく対応に迷った。

やはりこの男、クリーンクリーンの一味か。それにしても反応に違和感がある、と思って見つめると、亜多夢は小さく首を横に振る。

「違いますよ。わたしは信者じゃありません」

——読まれた。思考を。

柳生は肌が警戒でひりつくのを感じる。

一方の亜多夢は、どこか優雅な所作できびすを返した。

「これ以上話すのに、この場所はあんまりよくないな。行きましょう」

柳生は路地を歩いて行く亜多夢をしばし見送り、結局自分も後を追う。

自分の持っている手掛かりは、カフェのショップカードのみだ。亜多夢は他にもクリーンクリーンの情報を持っている。多少危険だろうと、今は情報を増やしたかった。

亜多夢はひとの多い繁華街を泳ぐように器用に歩き、駅前の最大手ハンバーガーショップのチェーン店に入る。柳生が頼んだのはカフェオレ、亜多夢が頼んだのはお子様ハンバーガーセットだ。

狐につままれたような顔で、柳生は訊(たず)ねる。

「ファストフード、お好きなんですか？」

「好きそうに見えます？」

「全然ですね」

「大当たりだ。嫌いなんですよ、これが」

亜多夢は端整な顔をしかめて、二本の指だけで細切りフライドポテトをつまみ上げる。いかにも不味そうにポテトを食べる亜多夢を見つめ、柳生は言う。

「着ているもの、持っているものからして、あなたはいいものを長く使う方だ。ファストフードとは思想が対極です」

相手の反応を探りつつ、柳生は本当のことを告げた。この男、思考は読みづらいが、プライドが高く主張のあるインテリなことは間違いない。となれば興味を惹くには知的な会話、もしくは知識では得られない直感的な話が必要だろうと踏んだのだ。

案の定、亜多夢は不思議そうに自分の服装を見下ろしたのち、目をきらきらさせて柳生を見つめ直した。

「すごい。君はホームズなんだなぁ」

「ただの主夫です。今言ったことくらい、誰だってわかりますよ」

「主夫であり探偵、そういうこともあるでしょう。安楽椅子のおばあちゃんだって探偵になれるんです。もっとも君は、安楽椅子にじっとしてはいませんね。潜入調査まで試みるんですから。やっぱりホームズがしっくりくるなあ」

うっすらと笑って言い、亜多夢はパックの野菜ジュースを飲む。

柳生はカフェオレの紙コップを置き、改めて切りこんだ。

「そのことなんですが……亜多夢先生は、なぜクリーンクリーンについて調べてらっしゃるんですか？　大学の研究だとも思えませんが」

あまりにも単刀直入な聞き方だったが、相手の手が読めない限り、下手に小細工をしても仕方がない。殺し屋として様々な人間に会ってきた柳生にとっても、亜多夢は初めてのタイプだ。

賢そうではあるが、隙（すき）がある。隙はあるが、すぐに殺せるかというとそうでもない。

淡い緊張を覚えたままの柳生に、亜多夢はのんびりと言う。

「いや、これが案外研究の一環なんですよ。わたしは、この地球をよくしたいので」

「地球を、よく？」

何やら規模が大きすぎて、柳生にはピンとこない。ピンとこないどころか、内容がない気さえしてしまう。そんな気持ちが伝わってしまったのか、亜多夢は笑みを深めた。

「ねえ、常和さん。人間は己の死を恐れすぎている。そう思いません？」

「いや……死は、怖いものですよ」

答えながら、柳生の脳裏には死んでいった人間のことが次々と去来した。

柳生の殺し方は基本的には優しい。毒でいつの間にか、事故で不意に、というパターンが多いからだ。それでもいくらかの人間は、苦しみ、絶望にうめきながら死んでいった。

あのときの人々の目にあったのは、底なしの恐怖だ。どこまでいっても救われない、この世で一番の暗黒。あれを柳生はけして忘れることはない。死にゆく者の恐怖を忘れず、それでいて壊れないことこそが殺し屋の適性だと思っていた。

それなのに、亜多夢はこともなげに続ける。

「そう思っちゃうのは仕方ないです。ただね、生物としては、繁殖の道を選んだ時点で死ぬのは当然の成り行きです。死への恐怖は脳のバグですよ。死を恐れすぎればあらゆる効率は落ちますし、逃避のために、生きる意味だのなんだのという夢をみはじめる。夢がなんの役に立ちますか？　実にばかばかしい。矛盾だし、非効率です」

「厳しいですね」

常識的な返事をしながらも、柳生は奇妙な気分になり始めていた。

死は当然で、死への恐怖はバグ。すべては矛盾で、非効率。

亜多夢の言うことが本当ならば、この世の殺しのすべては大した罪ではなくなるのではないだろうか。おかしいのは死におびえすぎる人間たちで、柳生や我藤のような存在こそが人間として正しいのでは……？

かつてないほどに自身が肯定された気になり、柳生は指を組み替える。その手に思わぬ力がこもっているのに気付き、慌ててほどいた。

「こういうことを言うと、本当は怒られるんですよ。倫理的ではないですからね」

亜多夢は少年みたいに笑ってから、すぐに表情を改めて柳生の目をのぞきこんだ。

亜多夢の瞳は真っ黒だ。死を前にした人間と同じ色で、それなのに、なんの恐怖も感じていない。亜多夢は続ける。

「でもね、わたしは人間はすごいと思ってます。ちゃんと自分の弱点を補うための発明をしましたからね。それが、宗教です。宗教に死の不安を取り除いてもらったとき、人間のポテンシャルはぎりぎりまで発揮される。『死の先』を想像できるようになる」

「死の先」

柳生は繰り返す。

「そう」

亜多夢は急に声を小さくした。

辺りは騒がしいファストフード店だ。亜多夢の声を聞くために、柳生は耳を澄ませる。どこまでも神経を集中して、亜多夢の言うことを聞き取ろうとする。

「想像してください。自分が死んだあとの、この地球を。人口爆発が終わり、徐々に人の数は減っていく。人が去った街が自然に屈し、緑に呑みこまれていく。スカイツリーは遺跡めいて立ち尽くし、その下は森だ……子どもたちが駆け回り、木の実を取る。高速道路を、野生の鹿が歩いて行く――」

　ひそめられた亜多夢の声には、どこか酩酊を誘うものがあった。

　その声に導かれるかのように、柳生の脳内には鮮やかな想像が広がっていく。

　滅びの匂いの強い、廃墟じみた東京。だがそこには確かに、命が宿っている。今のこの街よりもよほどはっきりとした命の匂い。自分の死後に連なる、果てしない命の連鎖。

「きれいですね……」

　柳生が思わずつぶやくと、亜多夢は口を弓なりに曲げて笑った。

「きれいなのは、君の想像です。君は今、死を超えていきましたね？」

「超えるも何も、ただの想像ですよ」

　戸惑う柳生の額を、亜多夢が長い指先でトントンと叩く。

「ただの想像ができる。それが人の才能だと言ったじゃないですか。正しい宗教がこの世界を支配すれば、ひとは皆死の先を見る。人の心が整えば、環境を守るのにも役立ちます。何代も先を見据えて動くことこそ、環境にとっては大切なことなのですよ。逆を言えば、正しくない宗教は環境を悪化させます」

　そこまで聞いて、やっと死と宗教と環境が繋がった。つまり彼は、死の恐怖を乗り越えた先にこそ真の環境対策がある、と言いたいわけだ。まったくなかった視点が脳に割りこんできたせいで、柳生は少々めまいのようなものを感じる。

柳生は自分の額をさすりながら、ゆっくりと答える。

「なるほど。それであなたは、宗教団体を調査してらっしゃるんですね」

「ええ。正しくない宗教を通報していくことも、わたしの環境活動です。クリーンクリーンは、宗教団体として何度も転生を繰り返しています。母体は数十年前に大事件を起こし、そのあと徹底的に潰(つぶ)された大カルト宗教」

亜多夢はゆるやかに語りつつ、手元のビニール袋をいじくり回す。その指がピアニストのように繊細で長いのに、柳生は気付く。

亜多夢は続けた。

「解体された宗教団体は分裂、その中のひとつが地下に潜りました。それがクリーンクリーンになったのです。彼らは拠点をごく普通の自然派食品コンビニや野菜カフェにして、しばらく自分たちに名前をつけなかった。こうなると彼らを追いかけるのは非常に難しくなる。クリーンクリーンの名前を使い出したのはごく最近です」

語りながら、亜多夢は手元のビニール袋を開封した。お子様セットについてくる、おもちゃの袋だ。中から出てきた黄色いプラスチックを手にして、亜多夢はぱっと顔を明るくする。

「見てください常和さん、キリンが出ましたよ！」

急に無邪気な顔をされても、柳生は困惑してしまう。はあ、などと生返事をする柳生を気にする様子もなく、亜多夢はキリンを組み立てる。

「クリーンクリーン、今のところ活動はおとなしいですが、マルチ的なこともやっているので警戒しています。本当におとなしく生きたいひとたちは、名前を隠そうとはしませんからね」

ここまで聞いて、柳生は確信した。

『クリーンクリーン』は、黒だ。

自ら（みずか）を名無しとして闇（やみ）に潜っていたのは、柳生たちの属していた殺し屋組織も同じ。闇も闇、底辺を這いずるような犯罪組織でなければ、そこまでして名を消そうとはしない。

その団体が、自分たちの『普通の生活』のすぐ隣まで来ている。

そう思うとますます肌がひりついた。偶然にしろ、故意にしろ、黄色信号が点滅している。柳生はカフェオレをすすりながら、亜多夢のキリンを見つめて口を開く。

「……僕は、ママ友に勧誘されたんです。クリーンクリーン。子どものための自然派食品がいいよ、と勧められて……」

ジャブとして、嘘と本当の中間くらいのことを告げた。

亜多夢はキリンを操作しながらうなずく。

「なるほど。参考になります」

「怪しいなとは思ってたんですけど、今のお話で確信しました。クリーンクリーンには関わりません」

「それがいいです。常和さんはものわかりがいいなあ」

亜多夢は言い、うきうきと手元のキリンを操っている。その様子がほとんど三也と重なって見え、柳生は戸惑いがちな声を出した。

「お好きなんですか、キリン？」

「キリンというか、こういう使い捨てプラスチック玩具に目がなくて。環境的には最低なんですけどね、これぱっかりは好きなんだなあ。子どものころの思い出があるもので」

またも自分にはなかった思い出だ、と思って、柳生はふと今の家を思い出した。

今住んでいる団地には、様々なおもちゃが転がっている。最近は食べ物のいい匂いが漂っていて、古くさいアルミサッシの窓からはさんさんと西日が差しこみ、畳は太陽の匂いがする。子ども部屋からは三也が安眠する寝息が聞こえ、我藤の部屋からはペンタブレットの音がする。

三也には、きちんとおもちゃを買ってもらえた思い出ができている——はずだ。

そう思うと、柳生の心は奇妙なくらい落ち着いた。

三也の寝顔を思い出しながら、柳生は答える。

「そうですね。三也も、こういうおもちゃは大好きです」

亜多夢はうんうん、とうなずいて、訳知り顔の笑みを浮かべた。

「三也くんのお父さん、三也くんのためにも長生きしてくださいね。三也くんまだまだ、何かを亡くしたひとの目をしています。君が守ってあげないと」

いきなりの不躾な踏み込みに、柳生はぎょっとして亜多夢の目を見る。

相変わらず黒い目だ。そこにはなんの意思も見えない。悪意も、ないように思える。ならば善意か、なんとなく出た言葉なのだろう。

柳生は当惑しつつも、いささか亜多夢に感心した。

なんと言えばいいのかよくわからないが、とにかく落ち着いた男だ。

「……気をつけます」

柳生が軽く頭を下げると、亜多夢は紙ナプキンできれいに自分の指をぬぐい、柳生の手を取った。親密すぎる行為だが、亜多夢の所作には断る隙を与えない自然さがある。

亜多夢は柳生の手をぎゅっと握りしめると、真っ黒な目を穏やかに細めた。

「約束しますよ、常和さん。この世界は絶対にもっとよくなる。死を乗り越えたその先に、誰もが主人公になれる世界が広がっています。美しい環境に囲まれ、誰も殺さず、殺されないですむ社会が作れる。だからどうか――わたしを信じてください」

4

亜多夢（あだむ）と話した日の夜から、柳生（りゅうせい）は度々夢をみるようになった。

夢の景色は様々だったが、パターンは決まっている。

旧式の電話ボックスであるとかホテルの透明な浴室であるとか、空になった水族館の水槽であるとか、狭い囲われた場所に自分は押し込められている。

そして、外からどんどんゴミが投げ入れられてくる。投げてくるのが誰かはわからないが、投げ入れは止まらない。どんどん、どんどん投げ入れられて、柳生の周りはみっちりとゴミで埋まる。これでは呼吸ができなくなるから、もうこれ以上ゴミを投げ入れないでほしい。そう思うが柳生は言葉を知らないので、ただただ笑うのだ。

笑って、笑って、笑って、笑う。にこにこと、首を振る。

ゴミを捨てないで。ただそれだけでいいから、お願い。

けれど相手にはそんな笑顔は通じない。

だから相手はいつも最後には、こう言う。

『きもちわるい。もう、いらない』

「ひとつ聞きたいことがある」

「なんですか、唐突に」

柳生は、百均のデコ弁グッズを駆使しながら適当に我藤(がとう)の相手をする。弁当作りも早二カ月目。もとより器用な柳生はデコ方面に邁進(まいしん)し、今では三也(みや)の弁当箱は花盛りだ。

柳生がソーセージと卵焼きでできたライオンを作り終えたとき、我藤が言う。

「最近ずっと、遠からず死にそうな顔をしているのはなぜだ？」

「またろくでもないことを言い出しましたね。全人類、いずれは死ぬものですよ」

柳生は鼻を鳴らして弁当箱に蓋(ふた)をし、朝食の席に着く。

と、隣に座った三也も、真剣な顔で言ってきた。

「たける……死ぬのか」

「死にませんって。このファストフード暗殺者と殺人とデコ弁の天才である僕、どっちを信用するんですか、三也さんは」

柳生は美しい眉を寄せて憤慨(ふんがい)するが、三也は即答せず、むむむ、と難しい顔をする。

そんなに死にそうな顔だろうか、と少々不安になり、柳生は自分の味噌汁をのぞきこんだ。我藤が作った味噌汁は無駄に具だくさんで、今ひとつ顔が映らない。

三也はそんな柳生の横顔を見つめて、熱心に訴える。

「三也は、どっちもいないといやだ。あさひもたけるも、両方！」

「本当に？　本当にこいつが要りますか？　確かに我が家の稼ぎ頭ですが、僕だってその気になれば大体の仕事にはつけるんです。ということで三也さん、そろそろ僕にだけオヤジの遺言を教えてください」

「……やだ」

ぶすっとした顔になり、三也は自分のご飯にふりかけをかけ始めた。

我藤は柳生の前にも山盛りご飯の茶碗と、自分のスマホを置く。

「金の問題じゃない。俺も、お前に今死なれると困るという話だ」

「僕はあなたが死んでも、全然困りませんけど……」

軽口を叩きながらスマホを眺め、柳生は顔色を変える。

そこに映し出されているのは、幼稚園からの連絡メールだ。内容は――。

『昨夜遅く、不審な人物から幼稚園へ園児の誘拐予告が届きました。通報済みですが、本日はなるべくご家庭での保育をお願いします。どうしても不可能な場合はお電話を』

一気に体温が下がった気がして、柳生は顔を跳ね上げた。

「例の変質者がらみでしょうか？」

「どちらせにせよ、俺たちの出番だ。違うか？」

我藤は淡々と告げているが、言葉の背後にはべったりと殺意が張りついている。こいつは犯人を捜し出して殺す気だ。柳生は視線を強くして我藤を睨みつける。

「違います。これは警察の仕事ですよ」

「なに？　なんの話？」

三也が心配そうに二人の顔を見比べている。

柳生はそっと三也の肩に手を置き、穏やかに声をかけた。

「大丈夫ですよ。今日は幼稚園がお休みになる、というお話です」

だが、我藤はそれで済ませる気はないようだ。むすっとした顔で柳生の向かいに座り、指を差してくる。

「ごまかすな、柳生。幼稚園に極悪人が挑戦状を送ってきているんだ。正義の味方としては登場しないわけにはいかないだろうが！」

「やめてください、三也さんが聞いてるんですよ？　大体あなた、気配からして殺しの技を解禁する気満々じゃないですか。三也さんとの約束を忘れたんですか？」

「そうだよ、殺しちゃだめ！」

三也が真顔で叫んでくれるのが、思いのほか心強い。

柳生は三也の肩に手を置いたまま、一気にまくしたてる。

「ここで『普通の生活』を送ろうと言ったのは、我藤さん、あなたです。『普通の生活』の中でだって犯罪は起こる。当たり前だ。普通の人間を装うのなら、こんなことでうろたえていては駄目です。警察や地域のひとたちと協力して、平和裏に処理すべきだ！」

「柳生」

我藤は難しい顔で言葉に詰まる。

柳生の脳裏には、今まで関わってきた普通の人間たちの顔が順番に浮かんでは消える。中でも大きかったのは、力強い味方になってくれた沢田さんと、ゆい、一馬親子、そして亜多夢だ。亜多夢とはあれ以来、たまにファストフードに行く仲になっていた。話せば話すほど、彼が未来を見ているのがよくわかって心地よいのだ。

亜多夢を含む普通の人間たちは、彼らなりに、『普通の生活』を頑張ってやり通そうとしている。そして、よりよい未来を引き寄せようともしている。

我藤だけが古い殺し屋世界を引きずっているようで、柳生は声を荒らげる。

「そもそも人間というのは必ず死ぬんですよ。我藤さんは死を恐れすぎだ。その恐怖心こそが、無駄な殺人を生むんじゃないですか！」

「無駄な殺人も必要な殺人もあるか。この世に人間が生まれたときから殺人はある！　殺さなければ殺されるんだ。悠長なことを言って、警察より先に誘拐犯が三也を殺したらどうする！」

　我藤の叫びに、三也の肩がびくんと跳ねた。

　柳生は頭のどこかが真っ白になるのを感じ、食卓を拳で殴りつける。

「そんなことを三也さんの前で言うのはやめてください！　僕があなたを殺しますよ!?」

「できるものならやってみろ。変質者におびえているようなお前に、俺は殺せんぞ」

　柳生が激昂すると、我藤は逆に冷めるようだ。食卓の椅子に腰をかけ、ピンクのエプロン姿で堂々と足を組んで見せる。柳生はいらいらと呼吸を整えた。

「……とにかく。誰も殺すな、という三也さんの命令です。背いたら遺言も聞けません。それに、万が一我々が殺し屋だと世間にバレたら、三也さんの将来はどうなります？」

　言いながら、柳生は団地に取り残された三也を想像する。四角い畳の部屋にちょこんと膝を抱えた三也が居る。窓の外は夕暮れで、そのあとは夜になって、朝になる。時間は経つが、誰も部屋には帰ってこない。料理の匂いも漂わない。

　そんな光景が頭に浮かぶだけで不愉快すぎて吐き気がする。

　我藤はというと、小さく鼻を鳴らして言った。

「三也は大丈夫だ。俺たちより真っ当な相手に保護されて、真っ当な人生に戻る」

「……あなた……三也さんを、捨てるんですか？」

　自分でも、びっくりするほど冷たい声が出た。

自分から殺気が漏れているのを抑えることができず、柳生は我藤を見つめる。我藤も、柳生を見つめる。静かに座っているだけなのに、大型肉食獣の威圧感が増していく。

今度こそこいつを殺さなければならない、と、柳生は思う。

目の前に居る男は敵だ。オヤジの子どもを捨てると言えるような人間は、柳生にとっては敵なのだ。手加減はできない。全力で急所を狙うしかない。柳生は何の溜めも準備もなく、袖の下から毒針を抜き出そうとする。

しかし。

「おい、バカども！」

オヤジの声がして、柳生は目に見えるほどびくついた。

「えっ……？」

「おい、今の……」

我藤も啞然として柳生と同じものを見る。

すなわち、柳生の隣。

子ども椅子に座ってぶんむくれ、二人を睨み上げてくる、三也。

確かに見慣れた三也なのに、さっきの言い方は完全にオヤジだった。

うろたえる二人に向かって、三也はさらに怒鳴る。

「もっとちゃんと、仲よくしろ！　三也をまもるんだろ？」

「ええ、はい、それは、もう……」

ぐずぐずとした返事しかできない自分がもどかしい。もどかしいが、さっきの動揺が収まらない。我藤も同じ気持ちのようで、そわそわと言い訳をする。

「聞いてくれ、三也。俺はお前のためにだな……」

「たけるもあさひもおとななのに、けんかするの、おかしい！　三也とのやくそく守れないのもおかしい！　三也にはやくそく守れっていうくせに！」

それは、まったくそのとおり。

柳生と我藤は、共にぐうの音も出なくなってしまう。

短い腕を組んだ三也は、黙りこくった二人を睨んで続ける。

「でも、悪いひとをやっつけるなら、ぼうりょくはゆるす」

「えっ……？」

「いいのか……？」

おそるおそる聞く柳生と我藤に、三也はきっぱり告げる。

「たけるとあさひが、仲よくするなら、いい！」

三也はそのまま身を乗り出し、柳生と我藤の手を摑んだ。そうして二人の手を無理矢理くっつけると、高々と宣言する。

「ふたりは強いから、仲よくすれば、きっとヒーローになれる。ヒーローになって、悪い

「ひとをやっつけてよ！」

「こんにちはぁ、お邪魔しまーす！」

　元気な声と共に玄関へ入ってきた沢田さんに、三也は勢いよく頭を下げる。

「おはようございます、さわだ先生！」

「そうだ、朝だからおはようだよね。三也くん、挨拶（あいさつ）お上手だぞ！」

　沢田さんはしゃがみこんで、三也に視線を合わせて微笑（ほほえ）んだ。

「うん。三也はもう四歳だからね。あいさつ、じょうず！」

　鼻の穴をぷくぷく膨らませて言う三也の背後で、柳生と我藤は深く頭を下げる。

「今日は本当にありがとうございます、沢田さん。急に休園になってしまって、シッターサービスを頼もうかとも思ったんですが……すぐに対応してくださるところに、心当たりがなくて」

「俺たちはどうしても仕事で出なくてはならず、三也をどうしようか、途方に暮れていたところです。頼ってしまって、申し訳ない」

　完璧ないいひとぶりっこで訴える柳生と我藤に、沢田さんはぶんぶんと首を横に振った。

大荷物を一旦床に置き、靴を脱ぎながら言う。

「仕方ないよ。本当に急だったもん。みんながみんな、実家がそばにあるわけじゃないし。常和さんたちの事情だと、預けるのってめちゃくちゃ難しいよね。わかるよ！」

どうやらこの人は自分たちをカップルだと思っているようだが、今はそんなことはどうでもいい。大切なのは、自分たちが作戦を遂行している間、三也が安全に過ごしてくれること。それにつきる。

自分たちの作戦。それはもちろん、誘拐予告犯（変質者）捕獲作戦である。

オヤジの子どもである三也から指令が下ったことで、柳生と我藤は覚悟を決めた。あくまで『普通の生活』を越えない範囲内で、どうにか相手を捕獲する。安心して作戦に邁進するためにも、まずは沢田さんにダメ押しだ。

彼女の同情を買うためなら……と、柳生は思い切って我藤に手を伸ばした。ごく自然な所作で、彼の手に指を絡める。

我藤は戸惑うかと思いきや、柳生の意図を汲んだのだろう。するっと握り返してきた。ほどよく乾いて温かな大きな手。意外と嫌悪感が湧かないのが、逆に腹立たしい。

「お願いします、沢田さん。あなたしかいないんです」

切実な表情を作って、柳生は囁く。

沢田さんはそんな柳生と繋がれた手を見ると、真剣な面持ちになってうなずいてくれた。

「安心して。今日はあたしが、責任持って三也くんを預かります！」

「よろしくお願いします……」

「本当に、助かります！」

効果は絶大だ。二人は再び頭を下げ、手際よく育児の引き継ぎ作業をしていく。

その合間合間で、柳生は沢田さんから幼稚園に来た脅迫の情報を探り出した。

「今日って近隣の幼稚園はどうなんでしょう？　脅迫が来たのってうちだけですか？」

三也のお弁当とおやつ、コップを食卓に並べながら、柳生が小声で問う。

沢田さんは持参した工作道具をその横に並べつつ、柳生に向かって声を潜めた。

「それがねえ、うちの園だけなんだって。狙い撃ちみたいよ」

狙い撃ち、という言葉が頭の中をぐるぐる回る。ならば園か、園児、園児の保護者に執着のある相手の可能性もある。

柳生は眉をひそめて、沢田さんに問う。

「ますます怖いですね……卒園生とかでしょうか。それか、近隣トラブル？」

「警察が捜査中ってことだけど、まだ全然。今日だけ休みにしたらいいのかどうかもわかんなくって、園側も困ってるんだ。どうしてもお休みできないって子は、園バス迎えで園で預かってる。出勤してる職員は、園長先生と正規の先生たち何人かだけだね」

沢田さんの言葉に、背後から我藤がのぞきこんできた。

「園バスは出てるんですね？　だったら、そちらにお願いしたほうがよかったのかな」

「いやいやいや、家から出ないで済むならそのほうがいいって。あたしのことは気にしないでね、こういうのはもちつもたれつなの」

あくまで屈託なく笑ってくれる沢田さんがありがたい。柳生は深く深く頭を下げた。

「そう言っていただけると、大分気が楽になります」

「そんなに頭下げなさんな。君は頑張ってるよ」

沢田さんは柳生の頭をぽんぽんと撫でてくれる。ぞわりとした感触が頭に生まれたが、正直あまりイヤではなかった。この感覚はなんだろう。たまに心臓に感じるイヤな感じと、よく似ているような気もした。

「じゃ、行くぞ」

我藤の声で我に返り、柳生はうなずく。

「それじゃあ、行ってきます！」

「いってらっしゃい、野郎ども！」

ぴょこん、と三也が手を振り、沢田さんが爆笑する。

「三也くん、何それかっこいい！」

明るい雰囲気の部屋を後にして、柳生と我藤は部屋を出た。

途端にすうっと世界の温度が下がり、柳生と我藤は団地の通路を早足で歩き出す。

「我藤さん、どこから行きます？」

「どちらかが園の警備に向かうべきだろう。だが、守りだけでは勝てん」

我藤の言葉から、彼が自分と同じことを考えているのがすぐにわかった。共闘すると決めてしまえば、打てば響く心地よい距離感だ。

今は非常時。柳生はこの距離感を呑みこんで、淡々と答える。

「ですね。僕と我藤さん、どちらかは攻めに回りましょう。今、攻めるべきポイント……もっとも犯人に出くわしそうなポイントは、園以外で誘拐に適した場所。他人の目をコントロールでき、移動手段の確保が容易な場所といえば――」

「バスだな」

「園バスです」

二人の声がきれいに揃う。柳生と我藤は顔を見合わせ、うっすらと笑った。

続いて先に口を開いたのは我藤だ。

「誘拐犯はわざわざ誘拐予告を送ってきた。そんなものを送ったら警戒される。警戒されてもなお、普段より誘拐犯に有利になる状況。それはなんだ？」

「数人の園児だけが園バスで登園する。この状況こそ、誘拐犯にとっては有利なのかもしれません」

「そのとおりだ。つまり、犯人は、バスに乗っている――」

「流れるような結論。天才的ですね」

柳生はうっとりと微笑み、ポケットから量販店のおまけコインを取り出す。

「ではコイントスで決めましょう。どちらが攻め、どちらが守るかを」

直後、柳生のスマホがメッセージアプリの通知を告げて、震えた。

この世界には、主人公と脇役がいる。

誰もが人生の主人公、だなんてキャッチフレーズはとっくの昔に古びてしまった。

生まれつき脇役の人間は主役にはなれないし、主役になった人間は転落してもどこか悲劇のヒーロー、ヒロインじみたまま。それが今の世界だ。

「みどり、みどり、みどりのせかい～」

中毒性のある歌を口ずさみながら、男はワンボックスカーをマンションの前に停めた。

顎(あご)からつんつんと伸び始めたひげには白髪が交じり、加齢により垂れ目気味になった顔はいかにも穏やか。白シャツ、黒ズボン、縞(しま)のネクタイ、頭に帽子という格好には清潔感がある。いかにもなベテラン運転手だった。

「どこまでも続く、みどり、みどり、みどり～」

違和感があるとすれば歌に抑揚がなさすぎること。顔にまったく感情の色がないこと、くらいだろうか。後部座席に乗った二人の園児が、彼の歌にげらげら笑う。

「運転手さん、歌、へたぁ！」

「そうかい？　こりゃまいったなぁ」

「へただよ、ほんとへた。へーた、へーた、へたすぎー！」

愛くるしい顔でころころ笑う子どもたちをバックミラーごしに眺めて、運転手はしみじみと思う。クソガキは可燃物でよかった。燃やせばすっかり自然に還る。

運転手がドアを開けて外に出ると、手を繋いだ母子が不安そうに立っている。

「お待たせしました。早く入ってください」

運転手は無表情の上に皮一枚の笑みを乗せ、幼稚園児をワンボックスカーに乗せようとする。薄っぺらなパーカー姿で重い前髪の母親は、ワンボックスカーを見つめて不安そうだ。

「いつもとバス、違うんですね？　時間も急に早くなったし……」

今さら、気の付く親のつもりか？　運転手は忌々(いまいま)しく思う。

この幼稚園に就職したのは最近だが、園バス運転の仕事自体は長い。この職業で学んだのは、概(おおむ)ね母親というのはクソだ、ということだ。

母親たちはバスに子どもを捨てていく。車内に放りこんだらおしまいで、そのあとに子どもが泣こうが吐こうが粗相しようが何ひとつ関知しない。さらには子どもがバスの前を横切っただの、落とし物をしただの、運転手の挨拶が悪かっただの、運転手が水を飲んだだの、くだらない苦情を言ってくる。

クソのくせに自分が主人公で、運転手は脇役だとでも言いたげな態度は気に食わない。取り替えてやる、とバス運転手は思う。

俺とお前たちの役を、取り替えてやる。

バスの運転手は、母親を眺めて微笑んだ。

「人数が少ないので車が違うんです。ご心配なく」

「あの、私……心配なので、園まで乗っていってもいいですか？」

「園まで、ですか？」

虚を衝かれて、運転手は繰り返す。

普段なら断るところだが、今日、これからの予定を考えると、連れて行ったほうが役に立つかもしれない。この女は非力でコントロールがしやすそうだ。圧をかければ子どもを抑えてくれる可能性もある。

「いいですよ、心配ですもんね」

笑顔で言いながら、運転手は周囲を見渡す。普段からあまりひとけのない場所だが、誘拐予告のせいでさらに閑散としている。

いける、と確信し、運転手は母子をワンボックスカーに乗せた。

そのまま自分も後部座席に乗り、母親を奥へ押しこむ。

「もう少し奥に行ってください……まだ他にも乗ってきますので」

「そうですよね。本当にごめんなさい。ご迷惑でしたね、すみません」

おののくような声で言い、慌てて奥のほうへ詰めようとする。その姿がどことなく品がよくて、運転手はぞわりとした。いい育ちの女が恐怖に支配されている。しかもその支配を生んだのは自分だ。そう思うと本能的な欲求が腹の底で鎌首をもたげ、ちろちろと長い舌を吐き出す。この女を支配したい。もっともっと、不幸にしたい。

もっと、もっと、もっと。

運転手は穏やかな笑みのまま、地の底を這うような低い怒鳴り声を出した。

「あんたトロいなぁ!!」

「え……っ！」

女が振り向くより前に、肩を摑んで強く突き飛ばす。女は息を吞み、座席に倒れこんだ。子どもたちは巻きこまれて悲鳴を上げ、あるいは座席に縮こまる。

女が連れてきた子どもが、幼児らしくない眼光でぎろりと運転手を睨み上げる。

「何すんだ、てめぇ！」

「ガキは育ちが悪いし、最低なんだよなぁ……」

運転手はうなりながら女の腕を取り、両手を背中側にひねり上げた。思ったよりも骨張っていたが、細くて色気のある手首だ。運転手はポケットから長い結束バンドを取り出すと、手際よく女の手首をひとつにまとめる。

「ほら、クソガキ、ちゃんと見てな。これ、細いプラスチックのバンド。か弱く見えるけど、お母さんがどれだけ暴れても取れないからねぇー。プラスチックってのは、ほんっと罪深いもんなんだよ」

まとめた手首を引き上げながら言うと、母親の関節がきしんでうめき声が上がる。

子どもたちの顔色がますます青くなり、ヒステリックな叫びが飛び出した。

「やめろよ、やめろってば！　やめろ、クソ野郎」

「お母さぁん！　この子、黙らせてくれないかなぁ！　こんなに叫ばれるとこっちも面倒なんだよ。わかるでしょ、あなたのしつけがなってないんだよ！　あなたが悪いし、あなたがどうにかするべきだよ。あなたの子どもなんでしょ、お母さん！」

運転手が叫ぶと、女はぼろりと涙を流してうなずいた。

何度も、何度もうなずいてから、女は叫ぶ。

「みんな、みんな、静かにして！」

「でも……」

子どもたちは情けない顔になり、泣きじゃくり始める。

女は後部座席に転がったまま、うつろな顔で微笑んで子どもたちに話し続けた。

「これはね、こういう遊びなの。ほら、あの、ヒーローショー」

「ヒーローショー。……ほんとに？」

そんな言い分で騙されるものかな、と運転手は思うが、女はさらに言いつのる。

「ほんとよ。これからヒーローが来るところなの。幼稚園が用意してくれたイベントよ。だから私たちは立派に、人質の役を演じないとね。……できる？」

女の息子は母親をじっと見つめていたが、やがて、こくんとうなずいた。

「……できる」

一人がうなずくと、他の二人も徐々に落ち着いてくる。

女はほっと一息吐いて、運転手のほうを見上げてきた。その、こびたような瞳が運転手の心の柔らかなところをなでさする。

そーら、回転した。入れ替わった。お前と俺、主役と脇役の交代だ。

運転手はうきうきと座席に乗り上げ、子どもたちにも結束バンドをかけていった。

「そういうことなんだよ。ほら、おとなしくしてね。きっと来るからねぇ、ヒーロー」

母親にのみ、さらにシートベルトをかけ、運転席へと回る。

「さあ出発だ、みどりの世界へ！　みどり、みどり、みどり〜」

機嫌良く歌いながら早急にエンジンをかけ、マンションの前を出発する。もちろん幼稚園になど向かわない。向かうのは川縁だ。この辺りの川縁は昔からの工場街。ただし最近は東京の土地不足から、工場はどんどん他県に移転している。建て替えて新しいマンションになった工場も多いが、うち捨てられた家屋や廃工場もぽつぽつ見られる。

　運転手はそのひとつにワンボックスカーをつっこむと、停車した。

「ここで、何を……？　私たち、どうしましょう？」

　女は相変わらずこびた声を出す。

　運転手はにこにこと後部座席に手を伸ばし、女の頭を撫でてやった。

「ただの休憩だよ。君たちがおとなしくできていれば、何も起こらない。何かが起こっちゃったら、あなたの責任だね」

「はい……わた、私、頑張ります……！」

　女は長いまつげを伏せて声を震わせる。

　いい女だ。優しく抱きしめて全身をなでさすり、そのあといきなり腹を蹴りたい。緑の世界に着いたら、是非ともやろう。仲間もきっと喜んでくれる。主人公になった自分は、脇役のことならいくら痛めつけてもいい。世界はそういうふうにできている。

　運転手はうきうきと車を降り、ワンボックスカーの車体に向き合った。そこには幼稚園名がはっきりと書かれているが、塗装ではない。擬装用のシールを貼っただけだ。運転手はシールの端に手をかけ、ひと思いに引っぺがす。後に残るのはなんの変哲もない白いワンボックスカー。ナンバープレートも偽物となれば、追跡は難しくなるだろう。

「みどり、みどり、みどり〜」

シールをはがす作業は順調に進んだが、ちぎれたシールが一片だけ、砂っぽい床に舞い落ちてしまった。

「ちっ、クソが」

運転手は激しく舌打ちして、落ちたシールを拾う。このシールはプラスチックフィルムを使っている。放っておいたら地球に還らない。全部回収しなくては。

イライラとシールを丸めて立ち上がると、目の前に女がいた。

不自然なくらいさらさらの髪に、端整な顔立ちの女。

後部座席にいたはずの、人質の母親。

——なぜ？　きちんと拘束してあったはずなのに。

「な……へぶっ！」

なぜ、と言いかけたところで、側頭部に痛みが弾ける。

そのまま吹っ飛ばされて、運転手は自分の車に叩き付けられた。

何があったのかわからない。ぐらぐらする頭をもてあましながら、運転手は地べたにへたりこむ。そこへ、ひゅっ、と風を切る音と共に、女のつま先が飛来した。スニーカーのつま先は運転手の顎をとらえ、ぱきゃっと気持ちのいい音を立てて蹴り上げる。

「お、おお……お……」

うめきながら、運転手は後ろへひっくり返る。

女に蹴られたのだ、とわかったのは、この段階だった。おそらく最初は側頭部を蹴られ、次に顎を蹴り上げられたのだ。それにしても、なぜだろう。園バスに子どもを乗せるような平凡な母親は普通、ハイキックを放ってこない。

なぜだ。お前は、脇役のはずなのに。俺は、主役のはずなのに。

そう思うと猛烈な怒りが湧き上がる。

「クソ……クソがあ！」

遠ざかりかけていた意識を怒りで鼓舞して、運転手は砂埃の舞う床から跳ね起きた。

すぐ脇にあったワンボックスカーにすがりつき、後部ドアを開く。

ひゅ、と再び風が鳴る。運転手はとっさに後部ドアの陰に身を隠した。

母親の蹴りが、鈍い音を立てて後部ドアに直撃する。運転手はとにかく車内に腕をつっこみ、手近な子どもを引っつかんだ。

恐怖でこわばった子どもの首に腕を巻き付け、母親に向かって声を限りに叫ぶ。

「止まれ！　こいつの命が惜しけりゃあ、そこで止まって、俺の言うことを聞け！」

「ひっ……たす、助け、助けてぇ……」

首を圧迫された子どもが、涙目になってうめく。車内からも悲鳴や泣き声が響き、廃工場は一気に異様な雰囲気で満たされた。運転手は、血走った目で母親を見る。

　ここまでしたら、どんな相手でも動揺する。慌てて、おびえて、ひれ伏して、元の脇役に戻ってくれる。そう信じていたのに、母親はひどくリラックスした姿でそこにいた。全身のどこにも力が入っていない、すんなりした立ち姿。

　何かが、おかしい。この女は、何かが、とてつもなく、おかしい。

　女は静かに運転手を――正確に言えば、運転手が人質にした子どもを見ていた。

　そうして自分の頭に手をかけ、長い髪をずるりと脱ぎ捨てる。

「――あ？」

　目の前で起こったことがなんなのか、運転手には一瞬よくわからない。

　わかったのは、長い髪がなくなった途端、目の前の女は男になった、ということだ。

　たかが髪だけ。そのはずなのに、かつらごと、たおやかな女の空気が脱ぎ捨てられてしまったかのよう。気付けば、そこに立っているのは妖艶（ようえん）な美貌（びぼう）の男だ。

「安心していいですよ、一馬くん、勇気（ゆうき）くん、礼留（れいる）くん。ヒーローショーは今がクライマックスです。僕はここ数カ月で、同居人と被保護者から学んだんですよ」

　男は毒のある甘い声で言い、パーカーの下に手を突っ込む。続いて胸の辺りから何かを引っぺがし、運転手の足下にべしゃり、べしゃりと放り出した。

　それは半透明の、女の胸の形をした、何か。

「ヒーローは、変身するものだ、って」

男はすとんとした胸をなで下ろすと、ビシッとヒーローポーズを決める。あまりにも堂に入ったそのポーズに、車内の子どもたちがどよめいた。

「っていうかあれ、三也くんのおとーさんじゃん！」

「変身できるおとーさんとか、めちゃくちゃすげえ！」

運転手が押さえこんでいる子どもすら、苦しげな表情の下でうっすら微笑んでいる。場の空気を持っていかれる。まるで目の前の男が主人公のように、場面が書き換えられていく。こんなのは駄目だ。許せない。思い知らせてやらなくてはならない！

運転手は折れんばかりに歯ぎしりして、叫んだ。

「いい加減にしろ！　ふざけてんのか……？　俺は真面目にやってんだ、なんだそのポーズは、なんだその変身は、しかも、なんでそんな地球に還らないものを捨てやがるんだ、ぶよぶよしてて気持ち悪いだろうが、地球の未来にふさわしくないだろうが！」

「ふふ。いいですねぇ。いかにも三下の悪役だ。おいでなさい。退治してあげます」

男――柳生は微笑み、片手を前に出して運転手を手招きする。

運転手は顔色を赤黒く変色させると、人質にしていた子どもを勢いよく放り出した。

「一馬くん！」

とっさに柳生が一馬のほうへ手を差し伸べる。その隙に運転手はワンボックスカーから子どもたちを全員引きずり落とすと、自分は運転席に収まった。

「みんな、こっちへ！　逃げますよ！」

柳生は鋭い指示を飛ばす。子どもたちは必死の形相で、それでも健気に柳生のほうに走ってきた。四、五歳児が三人ともなると、いくら鍛えていても一人で運ぶのは難しい。三人を工場の出入り口に導こうとしたところで、柳生は車のエンジン音を聞いた。

まずい。これは、轢きに来る。

柳生は勘づいた。

「一馬くん、みんなを連れて、外に出て！　僕は敵をやっつけてから行きます！」

とっさに叫び、一馬の背を押す。ゆいの子どもであり、今は三也の友人でもある一馬は、目をまんまるにして柳生を見上げた。

いくら大人っぽい子でもさすがに無理か、と柳生は思いかける。

しかし、一馬はすぐにうなずいてくれた。

「わかった。けがには気をつけるんだよ！」

「……！　約束しますよ」

柳生は微笑んで返し、車のほうを振り向いた。フロントガラスごしに、運転手と視線がかち合う。運転手の目は完全に血走って、正気をどこかに置いてきている。

「じゃあ、追いかけっこをしましょうか」

柳生は微笑み、またも運転手を手招きした。

エンジンがうなり、ワンボックスカーが急発進する。柳生は真横に、全速力で走った。車は急カーブを決めるが、後部は工場の壁に引っかかる。壮絶な騒音を立てて、トタン板でできた廃工場が揺らぐ。

ぎりぎりで車を避けた柳生は廃工場に残った木箱に飛び乗り、残置物の山をどんどん登っていった。車が再び急発進し、容赦のないスピードで柳生が乗っかった残置物の山に向かって走ってくる。

完全に、つっこんで来る気だ。

跳ぶしかない。となれば、どこに飛び下りるのが生存確率が高いか。

ひりつくような緊張の中で、冷静に考え続ける。確率が五%であろうと〇．五%であろうと、高いほうを選べばいい。迷いはない。生きていれば家に帰れる、と柳生は思う。

死んだら──そうか。

死んだら家には、あの団地には、帰れないのか。

ふと雑念に囚われかけたとき、目の前に金属チェーンが現れた。

天井のレールから下がったフックのチェーンだ。さっきまでは工場の逆側にあったはずのそれが大きく振れて、柳生の手元に吸いこまれるように収まる。柳生がそれを摑んだ直後、ワンボックスカーは残置物の山につっこんだ。

轟音と共に残置物がはじけ飛び、車は工場の壁につっこんで動かなくなる。

柳生はチェーンにつかまってワンボックスカーの上を飛び越え、頃合いを見てチェーンを手放した。宙を舞う体。近づいてくる床。ぐっと体を丸め、回転受け身を取りながら着地。衝撃を上手く逃がして、何回転かしてから起き上がる。

ほとんど同時に、外でサイレンの音が鳴り始めた。

柳生はただちに飛び起きると、工場の出入り口に駆け寄って子どもたちの姿を探す。

「一馬くん！　みんな、無事ですか？」

切実な声をかけると、雑草の茂みの陰から一馬が飛び出てきた。

「三也のおとうさん！　だいじょうぶ！」

「ねえみて、きゅうきゅうしゃも、しょうぼうしゃも、ぱとかーも、みんなくる！」

「すげー！　こっちくるぞ！」

残りの二人も元気そうだ。

柳生がほっと一息吐いていると、背後からぬうっと我藤が姿を現した。

「なかなかできのいいヒーローショーだったぞ、お父さん」

「チェーンをありがとうございました、お父さん。いいタイミングでしたよ」

柳生は言い、今回ばかりは皮肉抜きの笑みを浮かべて振り返る。

背後にたたずむ我藤も普段着のスウェット姿だったが、それでも格好をつけて帽子のつばをつまむようなポーズを取ってみせた。

「だろう？　俺の速さが役に立ったな」

「ええ、それはもう。あなたは園の見張りについていたはずなのに、よく間に合いましたね。僕の位置情報から、事態を推測したんですか？」

柳生は一馬たちの背中を撫で、怪我がないのを確認しながら我藤に聞く。

朝、攻めに出るか守りに出るかを話していた直後、柳生のもとには一本のメッセージが届いた。ゆいからのもので、内容は『どうしても早い時間に仕事に出なければならないので、一馬を園バスに乗せるのをお願いできませんか。ご迷惑とはわかっているのですが、夫は数日間帰っていなくて……男性に頼めたら安心なのですが』というものだった。

それを見た柳生は、自分がゆいに扮装して、一馬と共にバスを待つ作戦に出たのである。唯一懸念していたのは女装した柳生を見たときの一馬の反応だったが、実際は『お母さんみたいで安心する……』と好評であった。

我藤はうなずき、工場前に放り出してあった自転車を引っ張ってくる。

「急速にお前の位置が園と反対方向に動いたからな。しかもあのあと、街は変質者騒ぎで大変だったんだ。大捕物になって駅前なんかは交通規制をしていたから、こいつが役に立ったぞ。久しぶりに、本気で漕いだ」

「えっ。まさか、これで、ここまで？」

柳生は思わず本音で反応し、我藤の自転車を凝視する。スポーツ自転車というわけでもない。買い物かごつきのただの自転車だ。これをどれだけ漕いだら車に追いつけるというのだろう。ひょっとしたら化け物なのかもしれない、と思って、柳生は我藤を見る。

当の我藤は、どこかニヒルに微笑んだ。

「普通のお父さんっぽいだろう？」

「本当に、本当に、本当にありがとうございました……！」

一体何度目だろうか。ゆいがどこまでも頭を下げ続けるので、柳生はいささか疲弊(ひへい)してきた。最後の力を振り絞って笑顔を作り、ゆいをなだめる。

「いえいえ……こちらこそ、結局一馬くんを巻きこんでしまって、すみませんでした。うちで一緒に沢田さんに見ていてもらえば、問題なかったのに」

「そんなそんな、本当に、本当によくしてくださって……うぇぇ……」

ついには泣き出してしまうゆい。これはもはやエンドレスなのか。

誘拐未遂事件のあと、柳生たち一同は警察署で散々事情聴取を受けた。解放された今は夕方四時。事件が起きたのは朝だったのに、もはや空がオレンジ色だ。

殺し屋時代は死体の後始末を組織に任せて立ち去るだけだったのに、やはり『普通の生活』は手間がかかる。

柳生が泣き続けるゆいをもてあましていると、横から我藤がゆいの肩に手を置いた。不躾になるかならないかのぎりぎりの距離感で、我藤は微笑む。

「落ち着いて。大丈夫ですよ。一馬くんは無事だ。あなたはよくやってる」

「うう、ありがとうございます、ありがとうございます……」

温かく落ち着いた我藤の声で励まされ、ゆいは次から次へと涙をこぼす。

柳生はしばらく我藤とゆいを眺めていたが、ついにしびれを切らして我藤の袖を引く。

「我藤さん、ちょっといいですか」

「どうした」

低い声で聞かれると、柳生は背伸びをして声をひそめる。

「あの。僕、もう疲れちゃって、帰りたいんですけど」

我藤の耳元で言ったのは、そんなことだ。

我藤は虚を衝かれたらしく、かつてない勢いで柳生を注視してきた。

「……そうだったか、お前にも繊細なところがあったんだな。気付けなくてすまない」

紳士的な声を出されてしまうと、妙に気まずい。柳生は難しい顔で返す。

「いえ、そうではなくて……体はいいんですが、感謝されすぎ、というか」

口にしてみると、変な話だ。警察では不快な思いもちょいちょいあったが、それ以上に園児の保護者たちや園の先生たち、その他関係者に褒めちぎられたのが堪えている。怒りや憎しみでは何ひとつ揺らがないのに、泣き崩れながらの感謝は妙に胃もたれがする。

柳生の言わんとしているところをすぐに理解したらしく、我藤は深くうなずいた。

「なるほど、確かに」

短く答えると、我藤はてきぱきとゆいと一馬をタクシーに乗せ、柳生を引っ張るようにして帰路に就いた。

「──……よくやったんじゃないか、今日は、お互い」

ひとけのない住宅街の中の道を選んで歩きつつ、我藤が口を開く。

柳生はようやく落ち着きを取り戻し、素直にうなずいた。

「ですね。お互い、なかなか役に立ちましたよ」

「人殺しもしなかった」

「ぎりぎりでしたけどね。普通だったかどうかも、ぎりぎりだ」

工場で暴走した運転手は、怪我こそしたが命に別状はないらしい。現在は入院中で、体調が落ち着き次第、事情聴取だそうだ。

事件の最中はかなりの興奮状態で、よくわからないことも色々言っていた。プラスチックがどうこう、地球がどうこうという話はクリーンクリーン信者たちの話も思い出させる。

彼に宗教団体との関係があるのかないのか。今回は単独の犯行なのか、変質者騒ぎとの関係があるのかどうか。何もかも、今後彼が何を喋るか次第だ。

　柳生は我藤の半歩後ろを歩きつつ、不思議な気分を味わっている。

　頭の中が静か、とでもいうのだろうか。何かを考えなくては、しなくては、という脅迫的な思いがひとつもない。ただただ薄ぼんやりと満たされている。

　生まれて初めてに近い、この感覚。心が、とても楽だ。

　柳生と我藤は、珍しくしばらく互いに黙って歩いた。それで気詰まりなこともなかった。

　家々の屋根を夕日がオレンジ色に染めていく中、先に沈黙を破ったのは我藤のほうだ。

「お前、あのとき、ヒーローポーズしてたな」

　揶揄するような台詞だったが、あまり怒りの湧かない声音だった。

　柳生は小さく肩をすくめて見せる。

「忘れてください。もしくは、忘れたふりをしてください」

「俺が忘れても、子どもたちは忘れんだろう。あのときのお前は、ヒーローだった」

　我藤は前を向いたまま、静かに柳生を讃えてくれた。

　その横顔にしんとした誇らしさと、淡い悲しみが漂っているのを知り、柳生は小さく首をかしげる。このひとは思ったより本気で柳生のことを褒めているらしい。ひょっとして、我藤にとっての『ヒーロー』は、柳生が思うよりも重いものなのかもしれない。

柳生は少々改まって答える。

「ありがとうございます。でも、あなたの手助けがなければ僕も無傷ではすまなかった。ヒーローどころか、子どもたちにトラウマを残すだけだったでしょう。つまり、本当に子どもたちのヒーローだったのは、あなただってことです」

我藤はすぐには返事をせず、赤く染まった空に視線を投げて言った。

「……飲みに行きたい気分だな」

照れてでもいるのだろうか、と思って、柳生は苦笑する。我藤は妙に幼いところと、妙に老いたところが入り交じった不思議な男だ。確かに一回一緒に飲んでみたい気もする。が、今は、バー以上に行きたい場所がある。

「いいですね、と言いたいところですけど。僕はそろそろ、三也さんの顔が見たいです」

柳生が囁くと、我藤がくすりと笑う。

「奇遇だな。俺もだ。……帰るか」

それからの二人は、実に他愛のない話をした。

我藤の料理の中で何が一番美味しいか、レンジ料理の話がどれだけバーの女の子に受けたか、幼稚園のかけっこでどれだけ三也が活躍したか。

話す気になれば、話題は無限にあった。ほんの数日前までなら、無駄だと切り捨てたような会話が、今は芳醇に思える。

二人の会話がやっと途切れたのは、団地の敷地内に入ったときだ。

慣れ親しんだ我が家が近づいてくるにつれ、二人は異様な感覚にさいなまれた。

違うのだ。何もかもが、少しずつ違う。いつもの場所が、いつもの場所ではない。

柳生たちは足早に自宅へ向かう。その間も、二人は団地の階段やエレベーター、通路に残された『何者か』の痕跡(こんせき)に目を配っていた。

「三也さん！」

部屋にたどりつき、柳生が先に扉を開く。

三也を呼ぶ声は、からっぽの部屋にわずかな反響を生んだ。

我藤が横から室内に上がる。柳生も我藤に続いた。

室内に乱れはなかった。むしろ、沢田さんが少し片付けてくれたのかもしれない。ほどよく整理された部屋は、隅(すみ)から隅までひどく静かだ。柳生と我藤はまっすぐにＤＫに進み、食卓の上を見る。

そこにはしっかり洗われた食器にラップをかけたものと、三也が作ったであろう紙コップ人形と、一枚の紙片が置いてあった。

紙片は、沢田さんからのメモ。

中身はこうだ。

『常和さま
お疲れ様でした。電話のお声が疲れていたので心配です。
よく休んでくださいね。三也くん、とってもいい子でしたよ。
あとは常和さまのご伝言どおり心理士の亜多夢先生にお任せいたします。沢田』

柳生は無言のまま、自分のスマホを取り出す。当然、柳生はそんな伝言などしていない。

タイミングよく、メッセージアプリがメッセージを受信した。

送信者は、亜多夢だ。

メッセージアプリの内容は、以下のとおり。


『お疲れさま。わたしの部下を捕らえたそうだね？　おめでとう』

『三也くんは連れて行く。わたしの理想を達成するためには、彼の父親の遺言が必要だ。

もしも君たちがわたしの理想に共鳴してくれるなら、是非クリーンクリーン本部までおいで。住所を添付しておく。わたしは君たちの組織を再興し、新しい地球を作る。そこでは、今まで人生を諦（あきら）めていた誰もが、本当の主役になれるんだ。三也くんもきっと、新しい世界を気に入るよ』

添付されていたのは地図アプリのリンクと、亜多夢と三也が集合住宅の一室で笑っている写真。

ただし背景は、この団地ではない。見知らぬ部屋だ。

すべての答えはここにある、と柳生は思う。

やけに捕まらない変質者。名前を変え続ける謎の教団に、殺し屋である自分の心にもするりと入りこんできた心理士。わざわざ幼稚園を指定した誘拐予告。子どもの誘拐と同じタイミングで起こる変質者騒ぎ。不思議だと思っていたすべてが繋がり、最悪の結果を柳生の眼前にぶら下げていた。

柳生はスマホをポケットに戻し、感情の死んだ声で言う。

「三也は、さらわれました。さらったのは、園の心理士の亜多夢です」

5

「デジャヴっていうんでしたっけ？」

「過去に体験していないことを体験したかのように感じること、だったか。わからんでもないが、これは、単に団地ってものの類似性の問題だろう」

柳生と我藤は、車の中でぼそぼそと言葉を交わす。

二人の服装は今までとはまったく違う。伸縮性に優れた強靱な黒いスポーツウェアに、薄手の防弾チョッキ。手袋。改造されたベルトキットには、ナイフと針、その他各種の特殊武器、そして、緊急用として分解管理していた拳銃。弾薬。ニーパッド入りのズボンに軍用ブーツ。ニット帽。

完全武装の二人が別名で保持していた車に乗ってやってきたのは、埼玉の外れにある団地である。最寄りの駅からは車で十五分。周囲には大規模な墓地と、大学の教養学部しかない。しかも大学のほうは都内に移転済みで閉鎖されており、寂れる要素しかない。

だだっ広い敷地にぽつん、とたたずむコンクリートの塊を見つめ、柳生は目をぎらつかせたままつぶやく。

「そうかもしれません。とにかく、とてつもなく嫌な気分です」

亜多夢が添付してきた地図は、この位置を示していた。

表向きは、行政が関わり『地球にやさしい街』構想の一環としてリノベーションをした団地だ。ただしその事業は途中で宙ぶらりんになり、今は企画の立ち上げに関わった亜多夢がクリーンクリーンの信者たちを住まわせているらしい。

きれいに緑で塗り上げられた団地は、外階段や玄関にはがっちり鍵がかかり、あちこちに監視カメラと見張りの姿が見える。ただし、基本的な見た目はほぼほぼ柳生たちが住んでいた団地と同一。これからここに突入だなんて、悪い冗談のようだ。

運転席の我藤がぼそりと言う。柳生は小さく笑って我藤を見た。

「俺も、同じ気持ちだ」

「案外気が合いますね、僕ら」

我藤はハンドルに肘をかけて柳生を見る。うっすらとした闇の中で、静かな殺意に満ちたふたつの目だけが低い温度でぎらついている。我藤はダッシュボードから超小型ヘッドセットを取り出し、柳生に放り投げてきた。

「まずは俺が行く。監視カメラと見張りを潰したら教える」

柳生はヘッドセットを受け止めて、少々考えてから我藤に投げ返した。

「傍受されても面倒です、通信はやめましょう」

「今さら単独行動するのか？」

我藤の声に怒気はない。それでもいい、と言っているのだろう。単独行動したければ、それでもいい。投げ出されているのではなく、ある程度の信頼が育ったからこそだと思いたい。柳生はかすかな笑みを唇に含んで、こめかみを指で叩いた。

「僕ら、何日一緒に寝起きしたと思ってるんです？　あなたの呼吸も、歩き方も、何もかもここに入ってますよ。僕は天才ですしね」

「確かにな。それで行こう」

我藤も大きな口をぐっとゆがめて笑い返す。

二人はほぼ同時に車から出た。車から団地まで、視界を遮るものは植栽くらいしかない。

柳生と我藤は、気配を消して木陰に潜む。

我藤は早くも銃を抜き、ためらいなく発砲する。

一、二、三発。消音拳銃の発砲音。続いて、遠くでかすかな金属音が響く。

我藤が団地の監視カメラを仕留めているのだ。

続いて、我藤本人が植栽の陰から飛び出す。我藤は団地の外階段とエレベーター棟の隙間に素早く駆けこんだかと思うと、二階の外階段に現れた。

階段の外から手すりを乗り越え、二階の通路の監視カメラを撃つ。

　我藤の動きはあまりにも速く、移動経路は常識外れだ。彼はエレベーター棟と外階段の隙間に入り、様々なでっぱりを利用して建物の外壁をよじ登っている。

　二階の通路の向こうで、一人の見張りが我藤に気付く。

　が、見張りが動くよりも速く、我藤が見張りの足を撃つ。

「うぐっ……！」

　低い悲鳴を上げて見張りがうずくまる。我藤はさらに外階段で、上へ。

　亜多夢が添付してきた写真からして、三也(みや)はこの建物の最上階にいるはずだ。罠かもしれないが、だとしたら全階を調べればいい、と柳生たちは思っている。

　覚悟は決まってしまった。あとはやるだけだ。

「やめろ、やめろぉ！」

「！」

　闇に悲鳴が響き渡り、柳生は団地を見上げた。三階のベランダで我藤と見張りがもみ合っている。我藤はすさまじい膂力(りょりょく)でもって、大の男をベランダから放り出した。

　どすん、という鈍い音と共に、芝の地面に放り出される見張り。

　派手なうめきを上げているから、死んではいない。が、今ので団地全体が我藤の侵入に気付いた。団地内の窓という窓に、一斉に明かりが灯(とも)る。

　一階の玄関ホールからは、ばらばらっと三人ほどの男が出てきた。誰もが特殊部隊並みの武装だ。こんな連中を抱えているようでは、クリーンクリーンは宗教団体どころか、テロ組織そのものだ。ひょっとしたら、殺し屋組織の残党も雇ったかもしれない。

柳生は素早く銃を構え、出てきた三人の足を正確に撃ち抜いていく。

「うわっ」

「ぎゃっ」

「ぐう……」

うずくまり、あるいは体をよじって派手に倒れる三人をよそに、柳生は木の陰から飛び出した。途端に、びしり、びしりと乾いた音が地面で鳴る。

撃たれている。おそらくまだ上階に敵がいて、狙い撃ちしてきている。

ジグザグに走って敵の狙いを逸らしつつ、柳生はとにかく急いだ。我藤はこの間にも上階を目指しているはず。ならば、狙い撃ちしてくる敵は減る一方のはずだ。

柳生がエレベーター棟にたどり着いたのとほぼ同時に、目の前にエレベーターの箱が下りてきた。がしゃん、と音を立ててエレベーターの扉が開く。煌々と照らされた箱の中には誰も乗っていない。

柳生はエレベーターに乗り込み、最上階のボタンと、閉める、のボタンを押す。

しゃがんで周囲を警戒しながら、ごんごんと上がっていくエレベーターに身を任せた。

銃声は一旦止み、エレベーターの壁越しに銃弾が飛びこんでくることはない。

つかの間の、静かな時間。

やがて、わずかな揺れと共にエレベーターは止まる。たどり着いたのは五階。この団地の最上階。がしゃん。再び音を立ててエレベーターの扉が開く。

そこには、戦闘服姿の我藤がたたずんでいた。

「ようこそ」

我藤はいたずらっぽく笑って言う。

柳生もにっこりと笑い返したが、すぐにその顔はこわばった。

我藤の背後に、人がいる。一見するとまったくわからず、気配も感じないが、いる。

配電盤やらガスメーターやら配管やらででこぼこした五階通路の天井に、黒衣の男が張り付いている。黒衣の男は、音もなく柳生の背後に降り立った。手には銃がある。これも、プロだ。プロ中のプロ。

だが、我藤も素早かった。

柳生の表情からすべてを察し、振り返ると同時に黒衣の男に銃を向ける。

柳生もまた、加勢するつもりで黒衣の男に向かって銃を構えた。

そして、不意に思い出す。自分は、この黒衣の男を知っている。

「オオタカ……？」

柳生のつぶやきに、黒衣の男は唇をゆがめたようだ。

「久しぶりだな、ロックに、ライ」

オオタカが呼んだのは、殺し屋としての二人の名前だ。

オオタカもまた、柳生たちと同じ組織の殺し屋だった男。そして、オヤジの遺言が三也に託されたと知り、三也を奪うためにオヤジの別荘に突入した男である。

オオタカの名を聞くと、我藤の瞳は凶暴な光を帯びた。

「ほう。あの心理士の先生、殺し屋も雇うのか」

「目的が一緒だったものでね。オヤジの遺言は俺のものだ。遺言を聞き出したら、ガキは殺す」

オオタカは淡々と告げる。どうやら三也の名前も知らないようだ。そんな程度の気持ちで三也を奪ったのかと思うと、柳生の頭の中はどんどん熱く凍えていった。

「あなたに殺せますかね。僕と我藤は組織のナンバーワンとナンバーツーだ。その二人が、オヤジから彼を守るように言われているんです」

柳生は目を細めて、オオタカに笑いかける。

凶悪なまでの色気が漂い、オオタカはぐっと眉根を寄せた。

オオタカはなるべく柳生を視界から外そうとしながら、我藤に言う。

「殺せるさ。我藤、その銃、もう弾が——うぶ！」

最後まで言わせず、我藤は自分の銃をオオタカの顔に投げつけた。

一瞬目を閉じたオオタカが、銃を構え直して撃とうとする。が、我藤はその隙にナイフを抜いてオオタカに肉薄していた。鋭いナイフの切っ先が、オオタカの喉を狙う。

オオタカは大きくのけぞって避け、銃口を我藤に向けようとする。

が、我藤は空いた腕で、オオタカが銃を持っている腕を横に弾く。

発砲音。オオタカの銃弾は、団地の床に突き刺さる。

「いい加減にしろ！　何がオヤジの遺言は俺のものだ、だ！」

我藤は吠えながら、殴りつけるようにナイフをひらめかせた。

とにかく速い攻撃に、オオタカは完全にはついていけない。オオタカの腕が、肩が、脇腹が、浅く切れては血が飛び散る。オオタカも必死に銃を撃ちはするが、ここまで近づかれると、我藤の格闘技で腕ごと弾の軌道を逸らされてしまう。

「そういうことは！　三カ月子育てをしてから言え！」

我藤の咆哮に、ひるむオオタカ。

柳生は我藤に完全同意しつつ、通路の手すりの外、団地周辺に視線を配った。下には数人の見張りの姿があり、外階段を上がってくる者の姿もある。一旦、逃げ隠れする場所を確保しなくてはダメだ。この通路にいては挟み撃ちに遭う。

柳生は通路の端の扉にとりつき、三つ目で鍵のかかっていない部屋に当たる。鉄の扉を引き開け、室内に向けて銃を構える。部屋はひどく暗かった。ひとけもない。

洗面所。バス、水回り。個室。どこもかしこも物は多いが、人の気配はない。

すばやく安全確認を終えて、柳生は通路に戻った。

そこに立っていたのは、我藤だけだ。オオタカは通路に倒れ伏している。

死んだのか、と一瞬思ったが、オオタカの手はぴくぴくと動いていた。柳生はすかさず我藤の腕を掴むと、安全確認した部屋の中に引きずりこむ。

扉を閉め、後付けの靴箱を引きずってきてふさいだ。

部屋に押し込められた我藤は、不満げに言う。

「まだいけたぞ、俺は」

「怪我してるでしょう。わかるんですから、そういうこと」

柳生は言い、ベルトにつけた救急キットから出した三角巾を我藤の腕に巻き付ける。黒服は血を吸いこんでもあまり変色しないが、嗅ぎ慣れた匂いがすべてを語っていた。

我藤は手当されながら、鋭い視線を室内へ向ける。

「ここは明かりが点いていないのか」

「妙ですよね。先ほど、ほとんどの部屋の明かりが一斉に点きました。おそらくは中央管理になっているはずなのに」

その他の細かい傷にも手当を施していると、ふと、我藤のまとう空気が変わった。

「……柳生」

「なんです」

警戒をうながすような声に、柳生が顔を上げる。

そのタイミングを見計らったかのように、明かりが点いた。

我藤も、柳生も、電灯のスイッチに触ってはいないのに。

柳生は素早く辺りを見渡す。すぐに強烈な違和感が彼を襲った。いや、正確に言えば逆だ。この部屋は違和感がなさすぎる。柳生はこの部屋を知っている。

カップラーメンや弁当の空き容器が積み重なって、コンロが見えなくなった台所。あちこちが変色した絨毯（じゅうたん）敷きのリビング。部屋の四方には、袋に入ったゴミが無限に積み重なっている。食器棚も、テレビ台も、本棚も。何もかもがゴミで埋まっている。

埋まっていないのは、通路と、リビングの真ん中の不思議な空間だけだ。

低いペット用のサークルで囲われた空間。

その真ん中にはプラスチックの汚れた犬用食器が転がっている。

食器にはマジックで、名前が書かれていた。

たける。

殴り書きされた、自分の名前。

ぐうっと吐き気がせり上がってきて、柳生は自分の口を塞ぐ。

頭の中がぱちぱちしている。繋（つな）がってはいけない記憶が次々に蘇（よみがえ）り、怒声が、泣き声が、腐臭が、空腹が、波のように次々打ち寄せてくる。

頭のぱちぱちは、やがて、強烈な頭痛とめまいになった。

動けなくなった柳生の両腕を、我藤が後ろから強く摑む。

「――腐臭ひとつしない汚部屋があってたまるか。柳生、これは作り物だ」

忌々しげに言う我藤の声が、ひどく遠くから聞こえる気がする。

そんなことは柳生もわかっているのだ。

これは作り物だし、体の不調は心に引きずられているだけだ。

目の前の部屋も、自分が育った部屋とそこまで似ているわけではない。

間取りも、汚れ具合も、違うところはいくらでもある。いくらでもあるのに、もうとっくに吹っ切れたと思っていたのに、どうしてこんなに足下がぐらついてくるのだろう。

押し込めていたゴミがゴミ袋をやぶって漏れ出したかのように、どんどん過去の記憶が流れ出してくる。自分はサークルの中にいて、扉が開くのを待っている。とっくにこんなサークルなんかまたげるくらいに育ったのに、自分は絶対外に出ない。たまにお母さんが帰ってきたときにサークルの外にいると、酷く怒られてしまうからだ。

お母さんに怒られたくない。怒られたら嫌われてしまうから、絶対に怒られたくない。

自分はいい子でいたいのだ。だからどれだけ腹が減ってもこのサークルの外には出ない。

窓は遮光カーテンが閉まったままで、その前にはゴミが積もっているから、今が朝か夜かもわからない。時計はあるけれどとっくに止まっているし、そもそも自分は時計が読めない。どうやったら読めるのかわからない。最近お腹が減らない。体がふわふわして軽くなった。楽だ。お母さんがサークルに投げ入れてくれたものを丁寧に分けてちょっとずつ食べるのは大変だし、舌の先だけで食べ物が腐っているかどうかを判断するのも大変だし、腐っていても、どっちにしろ空腹には勝てないので、お腹が減らないのは楽だ。

でも、どうかな。心が楽じゃない。

さみしい。

目を閉じるのが怖い。

目を閉じたら、自分を目の中に閉じこめてしまうような気がする。

閉めないで。閉じこめないで。

ドアを開けておいて。

——ねえ。

「柳生、戻ってこい」

耳の側で我藤が言う。

僕だってこんなところに居たくはないんです、我藤さん。

居たくないし、僕はもうこんな部屋は出たはずなんですよ。オヤジが出してくれたんです。オヤジはちゃんと僕の目を見てくれたし、汚れをものともせずに触ってくれました。

今思えばオヤジは慣れていたんですよね。

殺し屋の仕事は汚れ仕事だ。人間の中身は大体汚い。それを思えば、生きている僕を拾うくらい、オヤジにとってはなんでもなかったんだと思います。オヤジは俺を洗って、深夜までやってるファミレスでメシを食わせてくれました。お子様ランチ。めちゃくちゃ美味そうな匂いがしてたのに、僕はなんでかブロッコリーしか食えなかった。色鮮やかなブロッコリーだけは、見るからにぴかぴかで新しかったから。絶対に腐ってないって思えたのがそれだったから、ガキのころの僕はブロッコリーをかじったんです。

あれが、あれだけが僕の『安全』でした。

「戻ってこい、柳生。ここはお前の家じゃないだろうが」

強く肩を揺すられ、柳生は短い呼吸を繰り返す。

そうだ、ここは家じゃない。当たり前だ。

生まれ育った家も、少しも家っぽくはなかった。かといって、オヤジの家も家ではなかった。あらゆる住処は家ではなかった。唯一家と言えるのは、三也の家くらいだ。

そうだ。三也と、我藤のいる、団地のあの部屋は、家だった。

いかに偽装の一環であろうと、あそこは家だ。そう思える。

古い団地は妙に風通しがよくて、室内干しでも洗濯物はよく乾いた。畳は太陽の匂いがして、食卓はいつも我藤が神経質に拭き上げていた。台所には他愛のない料理の匂いが漂い、子どもはシャンプーと生焼けのパンみたいなきれいな匂いがする。

絵に描いたような、ばかばかしい、嘘みたいな、家。

嘘だから手に入った、本当の、家。

柳生は、深く静かに息を吐く。

改めて腹に力をこめ、目の前の光景を見つめる。

さっきまではひどく生々しく見えていた汚部屋だが、今見ると作り物っぽさが漂った。所詮は急に作った偽物だ。カップラーメンの器は真新しいし、床の汚れは塗装なのだろう。すっかり乾いているし、腐臭よりは溶剤の匂いが漂う。

ここは誰かがわざわざ用意してくれた舞台だ。

主役は柳生。

だが、柳生はここで悲劇の主役を演じるつもりは、さらさらない。

「……くだらない。わざわざ僕を歓迎するために作ったんですかね？」

柳生が少しかすれた声を絞り出すと、我藤は軽く背を叩いてくれた。

「悪趣味野郎に愛されているな。早く会いに行ってやろう」

「そうですね。とっとと直接お話をさせてもらわなくては」

頭痛が去るのを待ちながら、柳生は言う。

と、玄関のほうから銃声が響いた。続いて、鉄に銃弾がめりこむ派手な轟音。誰かがドアに向かって発砲している。

自分は一体、どのくらいの間放心していたのだろう。この部屋を脱出しなくては。

柳生はとっさに窓の外に意識を向ける。が、すぐさま我藤に床に引き倒された。

直後、華やかな音がして、窓ガラスが割れていく。ガラスを砕いた銃弾が、窓の外から室内に突き刺さる。目の前の床に銃弾で穴が空いていくのを見つめながら、柳生は脱出経路について考える。結論はすぐには出ない。

ひょっとしたら自分は、この部屋からは、出て行けないのか。

「安心しろ。俺が出してやる」

柳生の思考を読んだかのように、我藤が告げる。そして、壁を指さす。

彼が指し示した壁は、すでにボロボロだった。石膏(せっこう)ボードだけで仕切られていたらしき壁は、あちらこちらに大穴が空きかけている。いつの間に、と見ると、我藤の片手にはトンファーと呼ばれる打突(だとつ)武器、兼防具が握られていた。棒状の武器で、棒状部分と九十度の角度で持ち手が生えている。

「我藤さん……まさか、それで壁を?」

「亜多夢とやらのリノベーション、なかなかの安普請だったな」

我藤はさらりと言う。直後、銃撃が止んだ。

合図もなしに、柳生と我藤は一斉に壁に向かって走る。

「とう！」

余裕のあるかけ声と共に、我藤の重みのある蹴りが放たれ、壁には見事大穴が空いた。

柳生は何も考えず、その穴に向かって飛びこむ。飛びこんだ先で、一回転して跳ね起きた。

ワンテンポ遅れて、我藤が穴を広げつつ飛びこんでくる。

隣の部屋は、さっきの部屋とは打って変わってこぎれいだった。

石目調の床に、白い壁、白い天井。間仕切り壁を抜いた大空間ワンルーム。

真四角の天井をぐるりと取り囲む間接照明と、天井の真ん中から垂れ下がる大きな球体のペンダントライト。非現実感に満ちたその部屋には、非現実的な男がいた。

真っ白なスーツに、真っ白な靴。

真っ白なテーブルの上でプラスチックのおもちゃをいじくっている、眼鏡の男。

亜多夢。

罠だ、と思った。鍵の開いた部屋も、作りこまれた汚部屋も、壁の弱さも何もかも、できすぎている。ひょっとしたらオオタカの配置からして、亜多夢によって仕組まれていたのかもしれない。何もかも亜多夢の思ったとおり、手のひらの上。

とっさに銃を構える柳生と、ナイフを抜く我藤。だが、それ以上は動けない。

亜多夢自身は無防備だったが、まっさらなワンルームは護衛の人員に埋めつくされていた。しかも彼ら、彼女らは、オオタカのような殺し屋とはまったく違う。誰も彼もが真っ白な服を着た、素人だ。

「おわかりだとは思いますが、ここで暴れないほうがいいですよ。特に、わたしを殴るのはやめたほうがいいだろうなあ」

亜多夢はのんびりと言い、おもちゃをテーブルに並べていく。

透明プラスチックでできた獣たちだ。キリンに、ゾウ。サルに、ライオン。

亜多夢は続ける。

「この方たちは、わたしの思想に共鳴してくれた、クリーンクリーンの信者さんたちです。あ、申し遅れましたが、わたし、クリーンクリーンの『語り手』をやっておりまして。わかりやすく言うと、教祖、ですかね？　ということで、信者ではないんです」

クリーンクリーンの教祖は、亜多夢。

一見『普通の人間』の信者たちを操って平和を脅かしていたのは、この男。

柳生は眼球だけを動かして、部屋に詰まったクリーンクリーン信者たちを観察する。

小太りの中年女がいる。八十は越えていそうな老人がいる。まだ十五、六であろう少年がいる。通勤電車で掃いて捨てるほど見るような顔の眼鏡男がいる。柳生が、ゆいを守るついでにこらしめてやった若いチンピラが、当時の怪我の痕を生々しく残した顔でたたずんでいる。ド素人たちが、包丁やら金属バットやらの武器を持って柳生たちを見つめる。

そして、ゆいも、いる。

ガタガタと震えながら、曖昧な笑みを浮かべて突っ立っている。

その左右は、冷徹な顔の白服たちが固めていた。

「この人たちは、わたしが殺されそうになったら、我先に肉の盾になってくれますよ。そうしたらその人は、間違いなくこの世界の『主人公』になれますから」

想像どおりだ。亜多夢は信者を使い捨てする気でいる。そして信者たちも、全員死ぬ気でいる。この部屋に漂うなんとも表現しがたい匂いは、殺しの仕事で何度も嗅いだ匂いだ。極度の緊張を超えて、死を覚悟した者の匂い。

彼らを全員殺せるか、と、柳生は自問する。

今まで戦ってきた相手は同業者だ。いくらでも無慈悲になれた。しかし、ここにいるのはただの普通の人間たちだ。依頼もなしで彼らを殺すのは、ただの殺人である。

亜多夢は柳生たちが動けないのをいいことに、悠長に話し続ける。

「誰もが人生の主人公だなんて、一体誰が言ったんでしょうね？　そんなわけないじゃないですか。主人公気取りでいられる人間はほんのわずかで、他の人間たちは引き立て役をやるしかない。それがこの世界だ。残酷ですよね、常和さん……いや、柳生さん？」

「――三也を、返してください」

柳生は、低く押し潰した声で告げる。

亜多夢は目尻に皺を作って微笑んだ。

「主人公の台詞ですね。いいなあ。外の連中は殺したんですか？」

「オオタカなら、俺が倒した。殺してはいない」

必要最低限の内容を淡々と答えたのは、我藤だ。

亜多夢は我藤に視線を移すと、少し懐かしそうな目をした。

「だったらオオタカくんも本望かなあ。彼は君と喧嘩がしたくて、したくて、たまらなかったらしいんですよ」

「それを利用したんだな、お前は」

我藤の声は硬くこわばっている。彼も亜多夢の異常さにおののいているのだろうか。彼にしては珍しいほど、余裕のない声だった。

亜多夢はテーブル上のおもちゃに向き直り、キリンとライオンを戦わせ始める。

「そうです。だけど、せっかくなら殺してほしかったなぁ。食べもしないのに人を殺したがる人間は、どうやったってわたしの世界の主人公にはなれないんですよ。だからオオタカくんみたいな人間は、利用したあとは殺すしかないんですよね」

ぱたん、と倒れるライオン。

その上にキリンを乗っけて、亜多夢は嬉しそうに微笑んだ。

いつぞやのファストフード店で見たときとまったく同じ笑顔に、柳生は胸焼けに似た感覚を覚える。我藤は銃を下ろさないまま、ひどく冷淡な声で続けた。

「亜多夢。お前に三也は必要ない。オヤジの遺言も、お前じゃもてあますだけだ」

「三也くんのお父さんは、日本最大の暗殺者組織のボス。三也くんが預かっている遺言は、組織の暗殺依頼リストのありかだといわれてるんでしょう？　そんなものが手に入ったら、この国を改造し放題じゃないですか。わたしの世界を作るのに大役立ちです！」

　亜多夢はうきうきとした声で言い、手にしたプラスチック玩具を目の位置に掲げる。

「ちなみに、クリーンクリーンの教義はご存じですか？　『世界を浄化して、自分が主人公になれる世界を取り戻そう』です。世界を汚染しているプラスチックを排除して、プラスチックをばらまいている奴らから富を奪い返すんです。世界がもっとスローになれば、誰もが主人公になれる世界が戻ってきます」

　ばかばかしい、と一蹴できればいいが、その教えに実際これだけの人間が傾いているのだ。亜多夢の求心力と支配力は認めざるを得ない。彼が『死者のリスト』を手に入れたなら、脅迫と懐柔を駆使してあっという間にこの国の中心に食いこみそうだ。

　柳生が言葉を選んでいるうちに、我藤がいつもより大人びた態度で言う。

「どれだけ御託を並べようと、信者を犯罪に巻きこんでいるだけで、お前は教祖失格だ。世界やら人やらを動かして喜ぶだけなら、ミニカーで遊ぶ子どもと変わらん。宗教をやるなら最後まで人を救ってみせろ。今のお前はテロ組織のボスでしかない」

「あなたがそれを言うんですね、おにいちゃん」

亜多夢はくすくすと笑って言い、我藤をじっと見つめた。

一瞬亜多夢が何を言っているのかわからず、柳生は亜多夢と我藤を見比べる。

「我藤さん……？」

亜多夢の冗談かと思ったが、我藤の顔はどこまでも険しいままだ。瞳のぎらつきは収まり、逆にとてつもない暗さがそこにある。

我藤の瞳の奥の奥にあった、読み取れない深淵の部分。そこにあったのはこの暗さ。

「おにいちゃん。ぼくだよ」

亜多夢が甲高い声を出してからかうと、我藤の顔は大きくゆがんだ。

「猿芝居はやめろ。とっくに思い出している」

地を這うような声に、亜多夢はけらけらと笑い出す。

「よかったぁ！　忘れられてたら途方に暮れちゃうところでしたよ。柳生さん、聞いてください。こいつね、六歳だったわたしを捨てたんです」

「いきなり、何の話ですか」

柳生は困惑気味の顔で訊ねた。急展開に頭がついていかない。

亜多夢と我藤は兄弟？　それか、知り合いだったのか？　亜多夢が六歳のころというと、一体何年前だ？　戸惑う柳生に、亜多夢は丁寧に説明を始める。

「実はわたし、ちょうど三也くんと同じくらいの歳で超有名宗教団体にさらわれまして。

教祖の跡継ぎ候補として英才教育を受けていました。教育の基本は支配です。無断で家を出たり、言うことを聞かないと、あとでめちゃくちゃに痛めつけられる」

語りながら、亜多夢は自分の長い首をさする。彼の手は大きくて、やけに指が長い。魅力的な手ではあるが、よくよく見ると骨折の痕跡(こんせき)がいくつも見つかった。

亜多夢はわずかな引きつりを残す顔で微笑み、拳(こぶし)を作る。

「痛いのは嫌ですから、わたしは従順になっていきました。でも……なんでしょうね。あるとき急に反抗したんですよ。朝起きたら死ぬのが怖くなっていて。もういいや、殺されてもいいから外に出よう、と思った。……玄関扉を押し開けると、夕暮れでした」

亜多夢の指が真っ直ぐに伸び、前を指さす。

その先にたたずんでいるのは、我藤。

亜多夢はどこか夢みるような瞳で、我藤の瞳をのぞきこんだ。

「真っ赤な夕日が落ちかかるアスファルトの道に我藤さんがいました。多分高校生だったんでしょう。とにかく肩幅が広くて、背が大きくて、頼りになりそうなひとだと思った。だから、わたしは言った。『助けてください、殺される！』」

俺は、いじめる奴が嫌いだ。正義のヒーローになりたかった。

そう語った我藤の声が、柳生の記憶の中でかすかに響く。

「……まだほんの子どもなのに、お前は真っ黒な目をしていた。今と、同じ目だ」

今の我藤が、感情の欠片（かけら）もない声で静かに喋（しゃべ）る。

亜多夢はそんな我藤を、どこか恋い慕（こ）うようにうっとりと見ている。

「あなたは深刻な顔でわたしに歩み寄り、『助けてやる』と言いました。あなたの手は大きかったなあ。あなたに手を引かれて、駅まで行ったのを覚えています。駅前の、ファストフード店まで。――あそこがあなたの『助けてやる』の限界だった」

視線はまだ我藤に据（す）えたまま、亜多夢は大きくふりかぶって、テーブル上のプラスチック玩具を払いのけた。からからと軽い音を立て、玩具が床に転がっていく。色とりどりのゴミになっていく玩具を眺め、亜多夢は優しげな声で告げた。

「あなたはわたしの話を聞いてくれた。どうにかすると言ってくれた。そして、わたしをあの家に戻した。あのあと、あの家に役所の人間が来たかどうかは知りません。知っているのは、わたしの境遇が何も変わらなかったこと」

まるで恨みなんかなさそうな声だった。だが、その経験が亜多夢を根本から変えてしまったことはわかった。柳生は、以前亜多夢が語ったことを思い出す。

死の先を見つめる視線を持つこと。死への恐怖を殺すこと。

それはおそらく、幼い亜多夢が凄（すさ）まじい人生を生き延びるための、方法論だったのだ。

そして、我藤は。

「そうだ。俺はお前を救えなかった」

苦渋に満ちた表情で、それでもはっきりと言う。

今になってみればよくわかる。我藤はヒーローではない。

ヒーローになるのを、とっくの昔に諦めた男だ。

我藤の返答に、亜多夢は端整な顔をくしゃくしゃにして笑った。子どもの笑顔だ。

「仕方ないですよ。あなたはただの子どもだったんだから。わたしは、あなたを許します。わたしはあなたのおかげで学びましたよ。自由意志のある他人なんかあてにならない。あてになるのは支配だけ。完璧に支配した人間だけだ、ってね」

子どもの顔で笑いながら、亜多夢は変容していく。子どもではないもの。大人でもないもの。ひょっとしたら、人ですらないもの。もしくは、もっとも人らしいものに。

亜多夢はどことなく優美な所作で立ち上がり、長い両手を広げて見せた。

「だから、こうなれたんです。教団を内部から完全に支配して、わたしが正しいと思う形に作り替えた。ここからはきっと、何もかも上手くいきますよ！」

朗らかに言ってから、亜多夢はそのままの調子で付け足した。

「ゆいを殺せ」

短い命令。

「はい」

ゆいの左右に立っていた男たちが反応する。

彼らが手にしていたのは、ハンマーと果物ナイフ。二人がそれぞれ武器を振りかざす。

ゆいは、ひっ、と息を呑んだが、逃げようとはしなかった。代わりに両手を祈る形に組み合わせて、その場に縮こまっている。

我藤がとっさに動く。金属製のトンファーにひねりを利かせて、右へ、左へ。

超高速で振り回される打突武器が、ハンマーをはじき飛ばし、ナイフを持っている男の手首を粉砕する。

「ぎゃあ！」

「うおっ」

痛みに叫び、武器を失ったことにうろたえる二人。

柳生はその隙にゆいに肉薄し、彼女を強く抱き寄せた。そのまま後ろにかばおうとしたとき、腰の辺りに強い痛みを感じる。

「……！」

焼け付くような痛みの元を見下ろすと、そこには、小さなナイフが刺さっていた。

ほんの十センチほどだが、刺す場所によっては簡単に人を殺せるナイフが。

指を入れる形の柄を握りしめているのは、ゆいだ。

「ゆい、さん」

柳生は、荒い息で痛みを逃しながら囁く。

ゆいの目はぎらついている。ゆいは全身を震わせながら、柳生を刺したナイフを握りしめ続けて、言う。

「ごめ、ごめんね、三也くんの、お父さん……あなたが、ひ、ひと、人殺しじゃ、なかったら、よかったのになぁ……」

大粒の涙が、ぼろぼろとゆいの目からこぼれ出る。それを見ていると、不思議とゆいを恨むような気持ちは湧いてこなかった。むしろどこか気持ちよくすらある。

もう、三也の友達のお母さんに、嘘を吐かなくていい。

「そう、ですね。確かにそうだ……」

柳生はかすれ声で言う。直後、目の前が大きくぐるりと回った。

おそらく、転倒したのだろう。失血のせいではない。まだナイフは体内にあるし、そこまで大きな血管は切れていないはず。だとしたら、毒が塗ってあったか。

地面に転がってぼうっとしていると、遠くで我藤が怒鳴る声がした。

「亜多夢！　痛めつけたいなら俺をやれ。柳生にはなんの恨みもないだろうが！」

柳生はぼんやりと苦笑する。

焦っちゃってますね、我藤さん。あなたはせっかちなんだよなあ。もう少し落ち着いていれば、結構いい男だと思うのに。

「わたしが我藤さんを恨んでる？　そんな話はしてませんよね。むしろあなたに感謝してるという話をしているんです。初めて会ったときから今までずっと、わたしは、あなたのことが好きだ」

つられたみたいに、亜多夢も焦った声を出す。

というか、これは告白なのだろうか。

ぼやけた柳生の視界で、我藤はぽかんとしている。

「は……」

亜多夢はそんな我藤に近づきながら、熱弁を振るっているようだ。

「教団を牛耳(ぎゅうじ)るようになったあと、わたしは真っ先にあなたを探しました。見つけたときは心底嬉しかったし、絶望もしたんですよ。殺し屋になるだなんて、いくらなんでも自暴自棄になりすぎです。わたしはあなたに接触するタイミングを待ちました」

亜多夢の話を断片的に聞きながら、柳生はのろのろと自分の体に指を這わせる。

毒の種類は様々で、専門的に分析しても何の毒かわからないことは多い。だからこそ、柳生も殺しに毒を使ってきた。ということは、解毒は酷く難しいということだ。

亜多夢はなおもまだ喋り続けている。

「殺し屋組織解体は朗報でした。すぐにもあなたが欲しかった。でも、あなたはなぜか子育てを始めた。しかも、わたしの代わりに、このネグレクト被害者に優しくしてやり始めた。驚きましたよ……最近のあなたが殺し屋時代のあなたとあまりに違って」

殺し屋時代の我藤と、最近の我藤が違う……？

　言われてみれば、そうかもしれない。殺しのスタイルが嫌いすぎてろくに接触を持たなかったから、はっきり違和感を覚えなかっただけなのかもしれない。

「お茶目でかわいくて、優しくて。まるでいいお父さんで。それもこれもわたしを助け損なった後悔によるものだと思うと、ちょっとぞくぞくはしましたが」

　つまり、団地での我藤はおままごとをしていた、ということだ。

　救えなかった子どもの代わりに、柳生と三也に食事を作って。家族について説いて。おもちゃを買って。暖かくて、安心できる家を与えて。

　そのことで、自分が安心していたのだ。

　柳生の指が、腰のベルトから細い針を抜く。今自分を冒している毒の感覚は、かつて試した毒のひとつに似ているような気がする。似ているだけなのかもしれないが、解毒を試みるなら今しかない。一か八か、見当をつけた毒の解毒薬を体に入れるのだ。

　針を握りこむ。その指に力が入らない。神経の麻痺（まひ）を感じた。

　このままだと、おそらく、遠からず、心臓が止まる。

　最後の力で、柳生はひと思いに自分の首を針で突いた。じわり、何か温かいものが首の血管から広がっていく。目の前がきらきら光る。パーティーみたいだ。白い服を着たお客が山ほどいる。楽しそうだな。亜多夢は我藤をダンスに誘っているようだ。

何度もへし折られたであろう亜多夢の指が、我藤の袖を引いているのが見える。

「でも、もう、そんな後悔は終わりです。あなたにはわたしがいる。わたしの代わりは、殺してください。そして、わたしと一緒に世界を変えましょう。これから先は——わたしたちが主人公です」

亜多夢は信者から拳銃を受け取ると、我藤に握らせようとする。

柳生はひどく楽しい気持ちになって、くすりと笑った。

くすくす、くすくすと笑って、そして、柳生は言った。

「ばかやろう」

柳生の声は、やけにはっきりとパーティー会場に響き渡る。

ぎょっとした客たちの視線が集まる。皆に注目されながら、柳生はのろのろと体を起こす。酩酊感は残っているが、麻痺の進行は抑えられたようだ。ひとつひとつ、体のコントロールを取り戻していく。

柳生は脂汗の浮く顔で亜多夢と我藤を見つめると、ひとおもいに怒鳴りつけた。

「さっきから聞いてりゃ、なんなんだよ、馬鹿野郎！　なんで、お前らの話と、僕の話なんだ……。三也は、三也の話は、どこにいったんだよ！」

三也の名を聞いた瞬間、我藤の目がきらりと光る。

そうだ。それでこそ、お前だ。

柳生は我藤を指さした。

「我藤‼　お前はヒーローじゃないし、もう、殺し屋でもない！　だけど、三也の保護者だろう！　それだけはほんとだろうが！　だったらちゃんと、三也を守れよ‼」

柳生は心底腹が立っていた。

過去のことを蒸し返し続ける亜多夢も、それを真面目に聞いてやっている我藤も、それぞれが勝手にヒーロー、ヒロインになりたがっているすべての信者たちも、誰も三也の話をしないことに、どうしようもなく怒っていた。

自分が主人公になるなら勝手にやれ。

他の人間を脇役に引きずり下ろすな。

ましてやこいつらは、三也をオヤジの遺言とまったく同一視している。

あの温かな存在は『世界征服のための便利なアイテム』などではない。

あれは、人だ。

誰の自由にもならない、一己の人間だ。

「柳生……お前、最高のお父さんだな」

我藤が感心したような声を出す。

柳生が返事をしようとしたときには、我藤は銃を亜多夢の額に突きつけていた。

「三也を解放しろ、亜多夢。長いこと悪夢から目覚められなかったお前には、心底同情する。だが、人間に代わりはいない。柳生は柳生だ。俺と共に、三也を預かった家族だ。俺たちには三也を守る義務がある！」

亜多夢はきょとんとした顔で我藤を見つめ返す。

「血も繋がっていない、正規の手続きを踏んだわけでもない、全員同性。それで、家族ですか？」

「何か悪いか？」

我藤に切り替えされると、亜多夢はにっこりと笑った。

そして、叫ぶ。

「バンッ！」

びくり、と我藤の銃を持つ手が震える。

その隙に、信者たちが一斉に我藤に飛びかかった。

柳生のほうにも、おのおの武装した信者たちが押し寄せてくる。

柳生は突き出される包丁を体捌きで避け、同じ挙動で信者の足の甲を撃ち抜く。

次々繰り出される攻撃を、最低限の動きでいなしては攻撃に繋げる。

派手に動いていては、体力が尽きる。さっきの毒がまだ体の中に残っていて、徐々に体力を奪っていくのだ。段々と自分の動きが遅くなっていくのがわかった。

「たあー……！」

冗談みたいに気の抜けた気合いと共に、突き出されるカッターナイフ。余裕で避けられるはずが、上腕部にすぱっと切れ目が入る。床に転がった信者の体を踏んで姿勢が揺らいだのだ。殺しの天才らしくない。柳生はぐっと唇を噛(か)み、前蹴りで相手との距離を稼ぐ。

そのとき、慣れ親しんだ気配が背後に出現した。

振り向かなくてもわかる。我藤だ。

「柳生。お前に言わなきゃならんことがある」

柳生と背中合わせになり、我藤が呼びかけてくる。

背後が守られていると思うと、一気に心も体も楽になった。

この機に体勢を立て直し、ことさら色気を含んだ声を出す。

「弱音なら聞きませんよ、あなたらしくもない」

我藤は柳生の背後で、防戦を続けつつ答える。

「理由はよくわからんのだが、俺にはお前が必要だ。お前がいると、上手くいく」

「あのですねえ……。そういうときは、嘘でも『お前は俺の運命だ』とか、『いつの間にか愛してしまった』とか言っておくものですよ」

拙(つたな)い告白みたいな我藤の台詞に、柳生は失笑して甘く返す。

が、我藤は冗談を言ったわけではなさそうだ。

「口説きたいわけじゃない。ただ――」

難しい顔で喋りだし、一回黙って敵のナイフをひねり取る。倒れた敵の喉を蹴りつけて気絶させ、手にしたナイフを他の敵の足に投げつけてから、やっと続きを口にする。

「必要なので、大事にしたい」

「……………はあ」

柳生は、思わずものすごい生返事をしてしまった。

胸の奥がむずむずしたかと思うと、あれが来る。

あれ。『普通の生活』を始めてから、特に頻繁に感じていた心臓の不快感。

それが猛烈な勢いで湧き上がったかと思うと、全身に行き渡っていく。まるで毒を飲んだときのようだ。視界が明るくなり、世界は鮮明になり、辺りの喧噪は少しだけ遠くなる。

そして、我藤の声だけがひどく明瞭に聞こえる。

体が軽くなり、呼吸が楽になって、柳生は息を吐く。

よかった、と思う。ここに居て、ここに来て、よかった。こんなにも死と隣り合わせで、疲労困憊で、満身創痍で。でも、よかった、と思う。

柳生は、やっと胸のざわざわの正体に気付いた。

これは不快感ではない。

よろこびだ。

胸の奥から湧き上がる、多幸感。多分、そういうもの。

誰に習ったわけではないが、積み重なった気持ちが教えてくれた。

自分は今、嬉しいのだ。喜びを感じ、幸せを感じているのだ。

「はあってことはないだろう、はあってことは」

我藤は憮然として言う。こんなに子どもっぽい我藤は、殺し屋仲間も、亜多夢も、オヤジでさえ知らなかったに違いない。知っているのは、自分と三也だけ。我藤の家族だけ。

自分たちは、家族だ。

そう思うと浮かれてしまって、柳生はくすくすと笑い出した。

「いや。なんというか。朴念仁の告白って、恥ずかしいな、と思いまして」

「朴念仁。俺がか!?」

我藤は素っ頓狂な声を上げ、柳生を振り返ろうとする。

そして、急に顔を険しくした。

「柳生、亜多夢がいないぞ」

「……！」

浮かれた気分は一息に吹き飛ぶ。

次の瞬間、天井から亜多夢の声が響き渡った。

『お疲れさまです、クリーンクリーンの皆さん。あなた方が主役になれる世界はもうすぐです。少し痛みがあるかもしれませんが、それは脱皮の痛みです。落ち着いて、屋上に集合してください』

見上げれば、白く塗られたスピーカーが見える。全棟放送をしたのだろう。

「屋上だ」

「言われるまでもありません」

柳生と我藤は最低限の言葉を交わし、すぐさま屋上へ向かった。

室内の信者はすでに多くが意識を失って床に転がるか、戦意を喪失して座りこんでいる。ゆいもそのうちの一人だ。まだ動ける者たちは、全棟放送がかかった途端に屋上を目指し始めた。その間、柳生たちを邪魔するわけでもない。本当に、亜多夢に命じられたことだけをしている。

『みどりー、みどりー、みどりのーせかいー。新しい世界はもうすぐそこですよ』

人を食ったような歌声が、あちこちに仕掛けられたスピーカーから響き渡る。

ほどなく、柳生と我藤は信者に紛れて内階段を使って屋上へと出た。

ごお、と強い風が吹く。

屋上はさっきの部屋とは打って変わって、緑の世界だった。どこもかしこもペンキで緑に塗られ、部分的に人工芝が敷かれている。いくつか子どもの遊具らしきものもある。

そのひとつ、ジャングルジムの横に亜多夢がいた。

ジャングルジムは屋上の一番端に寄せられている。高さは屋上の柵よりも高い。つまり、ジャングルジムを上ればそのまま屋上から落ちてしまう仕様だ。

最悪なその玩具のてっぺんに、小柄な幼児の姿があった。

「三也さん」

柳生は必死に自分を抑えこみ、ごく普通の声を出す。

本当は『動かないでください！』と叫んで駆け寄りたかった。が、何かの拍子に三也が驚いて身じろいでしまったら危険すぎる。慎重すぎるほど慎重にいかなくては。

「おい、帰るぞ、三也」

我藤も同じように考えたのだろう。園のお迎えのときと、まったく同じ声を出す。

熱血に見えてまったくそうではない、冷静な男だ。そこがたまらなくいい、と思う。

この男と、三也と、もう少しだけ一緒にいたい。そのためなら、何でもする。

三也はぼうっと夜空を見つめていたが、柳生たちを見ると顔色を変えた。

「たける！　あさひ！　血がでてる！」

ジャングルジムのてっぺんから、身を乗り出してくる三也。

途端に柳生たちの理性は吹っ飛んだ。

「三也さん！　動かないで！　今行きます！」

「そこを動くなよ！　絶対に動くな！」

口々に言って駆け寄ろうとする二人に、亜多夢は叫んだ。

「はい、ストップ！　今、わたしと三也くんはピーターパンごっこをしてるんですよ。下は人食い鮫がいる海だから、三也くんはここから下りられないんでーす！　……そうだね、三也くん？」

亜多夢はジャングルジムの端を摑み、三也を見上げて微笑む。

三也は不安そのものの顔でうなずいた。

「……にゃ。三也がここにいるかぎり、たけるもあさひも、ぶじだって。これはそういうゲームだって。だけど……」

歯ぎしりの音が我藤のほうから聞こえる。

柳生も、我藤も、自分から垂れ流される殺気を抑えられない。

「悪趣味すぎて、何もコメントできんな」

「まったくの同意です」

だからといって、動くこともできない。ジャングルジムまでは十メートル以上の距離がある。亜多夢はジャングルジムのすぐ横におり、いつでも三也を突き落とせる状態だ。

一方の柳生たちは、いつしかぐるりと信者たちに囲まれている。下の部屋で充分学んだのだろう、信者たちは距離を詰めてこようとはしない。銃らしきものやボウガンなど、飛び道具を手にした者たちばかりだ。距離を取って飛び道具相手に囲まれてしまうと、いくら柳生たちでも無傷ではいられなくなる。

一方、柳生たちの飛び道具はとっくに弾切れ。

「無事に役者が揃いましたから、次のステージに進みましょうか、三也くん」

亜多夢は三也に向かって声を張り上げる。

三也はジャングルジムをしっかりと掴みつつ、困り顔で亜多夢を見下ろした。

「にゃ？」

「あなたのお父さん二人は、無事にここまでやってきました。ですが、ここからは、危険な海を渡ってあなたを助けなければいけません。海には人食い鮫がたくさん」

亜多夢は人好きのする笑みを浮かべながら、信者たちを指さす。

三也はますます途方に暮れた顔になって答えた。

「……それ、やだ」

「お父さんたちはやる気ですよ？　もう結構な怪我をしているし、柳生さんなんか一回死にかけましたが。それでもあなたのためにここまで来たんです。きっと、最期の最期まで頑張ってくれますよ？」

いいかげんにしろ、と、柳生は思う。

そんな言葉を三也に聞かせるな。

だが、亜多夢はもちろん止まらない。ただただ歌うように続ける。

「運がよければ、どちらかは生き残るかもしれません。始めましょう。どちらかが生きてここにたどり着いたら、三也くん、お家に帰って結構です」

「……やだ」

「おや。帰りたくないんですか？　わたしと一緒に暮らします？」

何もかもわかっているのに、いたぶる口調で亜多夢が言う。

三也の目が月明かりできらっと輝いた気がして、柳生の体は芯まで冷える。

あれは、涙だ。三也の涙が、月光を跳ね返して光っている――。

「……や。やだ……やだぁ……」

ついにはうつむいて涙をこぼし始めた三也に、亜多夢は慌てたふりをする。

「泣かないでください、三也くん。そんなつもりはなかったんですよ。困ったなあ……じゃあ、特別ルールを設けましょう。三也くんが秘密の呪文を唱えたら、敵は消えます！」

「ひ、みつ、の、じゅもんって、なぁ、に」

しゃくりあげながら、三也が訊ねる。

亜多夢は口の両端をきゅっと引き上げて、笑った。

「オヤジさんの遺言です。遺言を聞かせてください。それだけで、たけるとあさひは助かります。三人であの団地に帰れますよ？」

柳生はちらりと我藤を見る。我藤はすぐに視線を合わせ、浅くうなずいてくれた。

おそらく、柳生と我藤は今、同じことを考えている。

亜多夢は、三也から遺言を聞き出した途端、この場にいる全員を皆殺しにするつもりだ。我藤や柳生、三也はもちろん、信者たちも全員殺す。方法は簡単だ。信者に命じればいいのだ。柳生たちを殺し、お互いを殺せと言えばいい。亜多夢が自分で言うとおり、支配力だけで生き抜いてきたのなら、充分に可能なはずだ。

なぜ、そんなことをするのか。

もちろん、オヤジの遺言を独り占めするためである。

そんなことになるくらいなら、死のう、と、柳生は思った。

だが、三也は生かす。

家族全員で生き延びることが難しいのなら、三也だけを生かして、自分たちは死のう。

すんなりとそんな考えが降りてきた。

我藤も同じ気持ちだと思う。

死を覚悟してしまうと、怒りも、喜びも、どこか透明で硬質なものに変わった。頭の中がひりひりするほど鮮明だ。柳生は静かに口を開く。

「……そうですね。三也さん、遺言を話してください。そのあとは、亜多夢の言うことは何も気にしなくていい。オヤジと、僕らの言ったことだけ覚えていてください」

「そうだ。この人生を楽しんで生きろ、三也。お前はそれだけでいい」

柳生の言葉も、我藤の言葉も、三也に対する遺言だった。オヤジを亡くした三也が自分たちを亡くすと思うと、透明になった感情のどこかが痛む。

それでも、柳生は三也を生かしたい。

「理想なんて切り花のようなもの。すぐ枯れるものを子どもに与えて、どうするつもりでしょうね？　わたしの差し上げる新しい世界は、もっと長持ちしますよ、三也くん」

亜多夢は凝った言葉を振りかざし、三也に笑いかける。

三也はまだ涙に濡れた顔をしていたが、もうしゃくりあげてはいなかった。

三也は亜多夢を見下ろして、ぽそりと言う。

「言います」

「おや。賢い子だ」

思ったよりあっさりと三也が交渉に応じたせいだろう、亜多夢は軽い驚きを見せた。

三也は亜多夢から視線を外さず、途切れ途切れに言葉を紡ぐ。

「ゆいごん、言います。でも……あだむ先生にだけ」

「ええ、いいですよ。教えてください」

亜多夢はジャングルジムの一段目に上り、三也のほうに左耳を差し出した。

「あのね……」

三也は、絆創膏を貼った手で亜多夢の耳を覆い、口を近づける。

直後、亜多夢は三也から顔を離した。そのままジャングルジムから飛び下り、耳の下辺りを手のひらで押さえて後ろに下がる。

「……っ？　何をした⁉」

悲鳴を上げる亜多夢。三也はジャングルジムに摑まったまま、強い瞳で亜多夢を見つめていた。

一体何があったのか。正確に察したのは、我藤と柳生だけだっただろう。

血相を変えた我藤が、柳生のほうを見て囁く。

「おい、柳生！　三也が亜多夢の耳に刺したの、あれ、お前の毒針だな？」

「一応、三也を人に預けるときには渡してありました。絆創膏の下とか、運動靴とかに仕込んで、使い方をよく言い聞かせて……」

柳生が答えると、我藤は信じられない、という顔をした。

「一応、じゃない、物騒すぎるだろうが！」

「だって三也さん、今までは使ったためしがなかったんですよ！」

むっとして言い返すと、我藤も声を潜めるのを忘れて怒鳴る。

「それは三也がお前よりは常識人だからだ！　それでも父親か、お前は！」

「そんなことより、三也さんを助けないと！」

亜多夢は、と振り返ってみると、彼はよろよろとジャングルジムから離れようとしていた。一歩、二歩、三歩……四歩目を踏み出せないまま、その場で昏倒（こんとう）する。

喉をかきむしるようにしたまま四肢は硬直し、唇からはぷつぷつと泡が噴き出た。

「うぶ、ぶぶ、ぶぶぶ……」

声とも言えない音をこぼすだけになった教祖の姿に、信者たちの間には異様な空気が流れる。誰が駆け寄るでもなく、遠くから亜多夢を眺めてぼそぼそとつぶやく。

「亜多夢さま、どうなったんだ……？　どういうこと？」

「あ、ああ、あ、どうしよ、どうしたらいいんだろ、どう、どう？」

「こんな予言はなかった……おかしい、俺の予言能力はどうしちゃったんだ……」

誰もが、自分の考えを整理するので精一杯の様子だ。誰も亜多夢に手を差しのべようとはしない。誰もがみんな主人公で、誰もがみんな混乱していて、誰とも協力しあわない。

柳生は、目の前の光景を薄ら寒く感じる。

亜多夢が教団内で手に入れた権力は、結局こんなものだったのだ。山ほどの人間を支配し、自在に動かしているつもりになるのは、さぞや楽しかっただろう。だが彼は、自分をひととして心配してくれる人間は、一人も得ることができなかった。

三也はそんな亜多夢を見下ろすと、心配そうに目を瞬かせた。

「ごめんね。死なない毒だから大丈夫。やくそくだから、オヤジのゆいごんも言う」

「ちょ、待ってください、三也さん！」

「そうだ、三也、それはちょっと待て！　もうちょっと、時と場を選んでだな！」

柳生と我藤は口々に叫ぶが、三也はもはや止められない。

彼はジャングルジムのてっぺんでなるべく背筋を伸ばすと、声を限りに叫んだ。

「ひみつは消えた、そしきは解散、みやをよろしく！」

三也の叫びは屋上中に響き渡り、信者たちが怪訝そうな顔でそれを聞く。

続きがあるのか、と思って待ったものの、三也はそれきり口を閉じてしまった。

曖昧な沈黙の時間が流れる。

やがて、柳生は呆れ果てて口を開く。

「ひょっとして……今のが、遺言ですか……？」

あまりにも呆気なく、あまりにも短い。それ以上に、内容が酷かった。

秘密は消えた、というのは、『死者のリスト』は存在しない、ということだろう。これは薄々可能性があると思っていた。オヤジは『死者のリスト』を自分の脳内にだけ記録し自分の死と共に消滅するようにしていたのだ。

組織は解散。オヤジが組織の再編を望まない、という意味。

三也をよろしく！　は、おそらく、柳生と我藤へ向けた遺言だ。

「……まあ、ある意味、予想どおりだったな。オヤジはそういう男だ」

我藤が妙に楽しげに言うので、柳生はむっとして我藤のすねを蹴りつけた。

「ぐっ……！」

さっき負傷したすねをかばって我藤がうずくまっている隙に、柳生は三也のところへ走り寄る。

「とにかくそこを下りてください。大変でしたね、三也さん」

「ん」

ジャングルジムから三也を抱き下ろすと、三也は柳生の首にぎゅっとしがみついてきた。子どもの温かさを感じた瞬間、柳生は再び多幸感で満たされる。触れあったところから広がる、体の中が熱を帯びたきらめきで満たされる感覚。得がたい気持ち。

三也は柳生の腕の中で首を伸ばし、柳生の頰に自分の頰をすりつけた。柳生の血と埃を自分の頰で受け止めながら、三也は言う。

「たけるも、みやのために、ありがとう」

「……ふふ。オヤジに言われてるみたいだ」

ますます嬉しくなってしまって、柳生はぎゅうぎゅうと三也を抱きしめた。

「おい、俺にも分けろ、俺にも」

追いついてきた我藤が両手を伸ばしてくるので、柳生はべっと舌を出す。

「イヤです。子どもは分けられません」

「なんだと？　だったらこうするしかないな」

我藤はにやりと笑って、三也を抱いた柳生ごと、二人を抱きしめた。

柳生は少々驚いたものの、まったく不快ではなかった。正直に言えば、ただひたすらに嬉しかった。柳生は我藤の腕の中で縮こまりながら叫ぶ。

「強引だな！」

「お前が欲張りだからだろうが！」

我藤も叫び返し、痛まない程度に力をこめてくる。

「けんかしない！　仲よく！」

三也が親のような態度で言うと、柳生と我藤は声を立てて笑った。

信者たちはもはや、柳生たちのことなど見ていない。

亜多夢の作った緑の屋上に残ったのは、支配の鎖を急に断ち切られて立ち尽くす人間の群れと、支配することでしか人と関われなかった男の残骸（ざんがい）、そして、幸福そうな三人家族だった。

6

「さて、これで準備よし、と。三也(みや)さん、目を開けてください」

「わかった！」

元気よく答え、三也はおそるおそる目を開ける。まばゆい光が入ってきて、三也は何度もぱちぱちまばたきをした。段々と視界が落ち着いてくると、大きな鏡に映った自分の像がはっきりとする。

「わあ……」

思わず感嘆の声が出た。

そこにいたのは、まるで大人みたいなスーツを身につけ、蝶(ちょう)ネクタイをした自分の姿だ。スーツはクリーム色にウィンドウペーンのチェック柄、ネクタイもかわいい茶色。髪の毛もワックスで品良く整えられている。いつもはむちむちぽんぽんな四歳児の三也だが、こうしているとどことなく将来の姿が予想できた。

三也はきっと、目の力が強い美形になる。西洋人形みたいにくっきりとした顔で、快活で、見つめられると誰もがほれぼれし、少しおびえるような、強い男になるのだろう。

「よくお似合いです」

三也の背後で微笑(ほほえ)むのは、しなやかな体を漆黒(しっこく)のタキシードに包んだ柳生(りゅうせい)だ。長めの髪を今日はきちんとオールバックにまとめ、耳にはシルバーのピアス。真っ青なアスコットタイをこれもシルバーのリングでまとめている。

もう怪我(けが)のことなどまったく感じさせない。

貴族めいたオーラのある柳生の姿に、三也は、おお！　と興奮した声を上げた。

「たける、王子さまだ！」

「おや、嬉(うれ)しいですね。でも、今日は三也さんのほうが王子さまですよ？」

目を細めて頭を撫(な)でてくる柳生は、声も態度も春先のつららのようだ。ぬくもりによって溶けかけている氷の危うさ、そしてまばゆいきらめき。そんなものをまとう柳生を、三也はうっとりと見つめて言う。

「三也は王子さまじゃなくていい。ボスだから」

「なるほど、そういうことですか」

ふふ、と笑う柳生の後ろから、ぬうっと我藤(がとう)が現れた。柳生の薄い肩に手を置き、いかにも楽しげな笑みを含んで二人を見下ろす。

「一本取られたな、柳生。ちなみに俺は何に見える、三也？」

「あさひは……」

三也はじいっと我藤を見上げた。

今日の我藤は柳生に負けず劣らず着飾っている。青いタキシードは襟がベルベットでできており、蝶ネクタイはきりりとした黒。よほど体型に恵まれていない限り冗談じみた見た目になるであろう格好だが、日本人離れした我藤はしっかりと着こなしている。

いかにもレッドカーペットを歩いてきそうな我藤を見上げ、三也は言葉を探した。

「テレビのひとみたい」

三也の言葉を聞き、我藤はぱっと顔を明るくする。

「おっ。俳優ってことだな？」

「お笑い芸人のことじゃないですか？　実際あなた、面白いですし」

柳生は腕を組んで冷笑し、我藤はそんな柳生を睨む。

「褒められていると取りたいところだが、なぜかけなされているような気がするな」

柳生はさらに挑発的に目を細めると、我藤に甘く囁きかけた。

「実際けなしているからですよ、ファストフード暗殺者さん」

「言うじゃないか。毒しか吐けない舌におしおきしてやろうか？　毒蛇野郎」

我藤もまた、凍えるような高慢な笑みを浮かべて囁き返す。

そんな二人を見比べて、三也が精一杯低い声を出した。

　途端にかしこまる柳生と我藤に、短い腕を組んだ三也が問いかける。

「ボスの前でけんかは、していいの？」

「駄目です」

「すまなかった」

　即答して頭を下げる二人は、まるきりしつけられた犬である。三也はしばらくそんな二人をじいっと見つめていたが、最後にはぱっと花が咲いたような笑顔になった。

「いいよ、ゆるす。はやくお祝いしよ！」

　彼の言葉を合図に、柳生と我藤が顔を上げ、速やかに用意を調える。

　三人がいるのは、東京駅すぐそばのクラシック・ホテルだ。メゾネット式のスイートルームからは夕暮れの皇居へ続く広場が見渡せる。えんじ色の絨毯が敷き詰められたリビングフロアには大理石天板のテーブルが置かれ、その上に派手なケーキが載っていた。

　真っ青なクリームの上に、大きな『5』の形のクッキーが置かれたホールケーキ。

　三人はこのホテルに、三也の五歳の誕生日を祝うためにやってきたのだ。様々な子ども向けのごちそうもこれから届くが、まずはケーキだ。

柳生は素早く五本のロウソクに火をつけていく。

「じゃ、行きますよ。そこに座ってください、三也さん」

「こう?」

三也は柳生の指示に従い、ケーキの前のソファに座る。ゴージャスな柄が織り込まれたソファは、マフィアものの映画でボスが座っていそうな意匠だ。

三也がソファの背もたれにもたれかかって膝を組んで見せると、柳生は黙ってスマホで写真を撮りまくり、我藤は興奮して拳を握る。

「いいぞ、ばっちりボスらしいぞ、三也!」

「うむ!」

調子に乗ってポーズを決めまくる三也を心ゆくまで撮影したのち、柳生はふう、とため息を吐いて自分を取り戻す。熱くなったスマホをしまい、微笑んで口を開いた。

「では……ハッピーバースデー・トゥーユー」

「ハッピーバースデー、三也! 五歳、おめでとう!」

我藤も持ち前の美声で三也を祝い、派手に拍手する。

三也は頰を紅潮させて身を乗り出し、力いっぱいロウソクを吹いた。

「ありがとう! ふうううううう!」

ふうううううう、と口で言いながらの熱演だったが、いかんせんロウソクとの距離がありすぎる。ろくに揺らぎもしない炎を見て、柳生は慌てて三也を立たせる。

「三也さん、もっと前！　もっと近づかないと」

「顔が燃えるほどは近づくなよ！　そう、そうだ、上手いぞ！」

我藤も隣で三也をサポートし、彼がロウソクを吹き消すのを見守った。五本のロウソクが全部消えると、三也は満足げに腰へ手をやる。

柳生は感極まった様子で拍手をし、叫んだ。

「おめでとうございます！」

我藤も叫び、三也もぴょこぴょこと跳び上がる。

「やったあ！　五さい！」

そのあとはケーキを切り分け、柳生と我藤にうっとりしたホテルマンからルームサービスの料理を受け取り、三也の誕生日パーティーはつつがなく進んだ。

小さな腹に入るだけの食べ物を詰め込んだ三也が、行儀悪くベッドの上でごろごろするのを眺めつつ、柳生と我藤は窓辺のソファの端と端に座る。

「無事にここまで来ましたね、ロック」

自分のシャンパングラスに自分でシャンパンを注ぎつつ、柳生は我藤に声をかける。甘くもなく皮肉でもない、ごくごく素に近い声が出るようになったのが、我ながら不思議だ。

我藤はシャツの襟元をゆるめ、ミニバーのウィスキーをちまちまと舐めながら答える。

「やれるとは思っていたが、実際やったとなると感慨深いな」

能天気なほどに自信家の言い草。けれど今は、それに少々安堵する。

「あなたは自信家だ」

皮肉げに言うと、我藤は柳生に向かってグラスを掲げてくる。

「お前には負ける」

柳生は小さく肩をすくめた。さすがにその台詞に「そうですね」とは答えられない。

柳生はグラスの液体を無意味に回しながら言う。

「僕には自信なんかありません。他に道がないから、やるしかなかっただけです。まだ目が開いていない子どもだったんですよ。ばかばかしいでしょう?」

我藤と三也と暮らして、亜多夢と対峙して、はっきりわかった。

自分の視野はとてつもなく狭く、先を見通しているつもりで周囲は何も見えていなかったのだ。自分は愛されない、家族を持てない、殺しの天才として生きるしかないと思っていたけれど、本気になれば、いつだって他の道を選ぶことはできたはずだ。

母親がドアに鍵をかける前に、隙間から走って出て行けばよかった。そしてどこへでも行けばよかった。世界はこんなにも広いのに。

ところが、我藤はうなずかない。

「案外みんなそんなものだろう。目の前の道のほかは目に入らず、転んで、骨を折っても
まだ気付かず、結局そこで石を抱えて野垂れ死ぬ。他の道に飛び移れる奴は、よっぽど器
用な奴だけだ」
我藤の喋り方は淡々としていて、柳生への気遣いがあるようには思えなかった。
が、おそらく、これが彼なりの励ましなのではないか、という気もする。普段は何もか
もが過剰な男だが、こういうところだけ繊細さを見せてくる。
柳生は小さく声を立てて笑い、シャンパンを飲み干してからうっとりと言う。
「だとしたら絶望ですね。ほとんどの人間は生まれてしまったが最後、修羅の道を行くし
かない！」
窓から見えるご大層な広場は、夜になっても街灯で美しく照らされている。団地の前の
道とは大違いだが、どちらも一本道には違いない。進んでいった先は、きっと闇だ。道か
ら外れても、そこは闇。
我藤はつられるように窓の外を見て、事もなげに言った。
「それはそうでもない。別の道が見えなくても、振り返ればいい」
道。それは人生の暗喩。
ならば、歩いている途中に振り返って見えるのは、なんだ。
我藤は柳生に視線を戻すと、どこか試すように笑った。

「振り返ったら、何が見える」

腹が立つ、と、柳生は思う。思うが、実際に腹が立つわけではない。こいつにも弱みも闇もあるし、それを乗り越えてここにいるとわかったからだ。それに、今の柳生には我藤が何を言いたいか、はっきりとわかってしまう。

我藤はこう言いたいのだ。

人生を進むのに疲れたら、家に戻ってくればいい。

柳生の家は、我藤と三也がいるところだ、と。

「言ってあげませんよ」

柳生はしれっと言って立ち上がった。このままだと例の感覚が胸からあふれてきて、どうしようもなくなってしまいそうだったからだ。グラスを片付けにリビングフロアへ下りようとしたとき、ベッドに転がっていた三也が体を起こした。

「たける、あさひ！　どろぼうだ」

きりっとした顔で振り向き、ベッドの前の壁に設置されたモニタを指さす。

「泥棒。しかも、ペット泥棒ですか」

柳生は空のグラスを手にしたままつぶやき、モニタに映し出されたニュース番組を見つめた。いつしか我藤も立ち上がり、柳生の横で同じニュースを見つめる。

「隣の区だが、近いな。売り飛ばすのか、それとも……」

つぶやきながら、我藤は脳内で様々な可能性を当たっているのだろう。犯罪としては小さなものだが、小さな波が大津波となって襲いかかってくる可能性は否定できない。

三也はベッドの上に正座すると、きりっとした顔で我藤と柳生を見つめる。

「ねっとわーくに、じょうほうしゅるしゅるを命じるように」

愛らしい声で紡(つむ)がれた言い間違いに、柳生と我藤の顔は思わずゆるんだ。が、柳生はすぐに取り繕(つくろ)って咳(せき)払いをする。

「……情報収集ですね。了解です」

笑いをこらえながらスマホを見下ろし、アプリを起動した。ぬいぐるみの熊がかわいくウィンクする動画のあとに、『くまさんねっとわーく』向けのメッセージを送信する。

『ニュースになっていたペット泥棒を調査せよ。ねこより』

間を置かず、ぱたぱたと返信が来る。

ただ単に『了解』で終わらせる者、スタンプを押す者、持っている情報を開示する者、考察を繰り広げる者。

このスマホの向こうにいるのは、全国に散った、『組織』の元殺し屋たちだ。

柳生と我藤は、三也から聞き出したオヤジの遺言を、ありとあらゆる方法で『組織』の元殺し屋たちに拡散した。遺言の受け取り方は様々で、もちろん憤(いきどお)って闇の中に去って行った者たちも多い。

だが、柳生たちと同じように、三也に付き従いたいと思う者もまた、多かったのだ。

彼らはおのおのの生活基盤を整えるのと同時に、新たなネットワークを形成した。その名も『くまさんねっとわーく』の面々の目的は、三也の目的と同一だ。すなわち、『ご近所の平和を守ること』。

ほんの数カ月前なら鼻で笑ったような目的だが、今の柳生は大真面目だ。

我藤は柳生のスマホ操作を見下ろしつつ、満足そうに言う。

「くまさんねっとわーくには、組織の人間の中でも腕利きが揃っている。ご近所の平和はお任せください、ボス」

三也はベッドの上でこくんとうなずき、真剣な面持ちで告げた。

「まかせた。そのかわり、おまえたちは三也が一生めんどうみる!」

柳生はかつてないほど目を丸くして、傍らの我藤を見る。我藤もまったく同じ気持ちだったのだろう、面白いほど驚愕した顔で、柳生のほうを見ていた。

その顔にあるのは、驚きと、おかしみと、そして、おそらくは、幸福の欠片。

「ぷっ、ふ……ふ、あはははは!」

柳生は思わず噴き出してしまい、そのまま三也に抱きついた。

「なんだよ、たける! わらわないでよ!」

ぷう、と膨れた三也に、我藤が負けじと反対側から抱きつく。

「三也、俺は感動した！　俺たちのことは頼んだぞ！」

「五歳児に何を頼むんですか。暑苦しいな、もっと向こうに行けませんか」

「俺抜きで三也といちゃいちゃしようなどと、天は許しても地獄がゆるさん！」

「あー、暑苦しい。うるさい。本当にうっとうしくて、面倒くさくて……」

そこまで言って、柳生はふと言葉を切った。さっきまで柳生と三也をはさんで押し合いへし合いしていた我藤は、いささか怪訝そうな顔になって柳生を見る。

「なんだ？」

柳生はそんな我藤の顔をしげしげと眺め、不意に滴るような笑みを浮かべた。殺しのために命がけで誰かを籠絡しようとしていたころより甘い声で、柳生は囁く。

「嫌いじゃないですよ、ファストフード暗殺者」

※この作品はフィクションです。実在の人物・団体・事件などにはいっさい関係ありません。

集英社オレンジ文庫をお買い上げいただき、ありがとうございます。
ご意見・ご感想をお待ちしております。

● あて先
〒101-8050　東京都千代田区一ツ橋2-5-10
集英社オレンジ文庫編集部 気付
栗原ちひろ先生

殺し屋ダディ

2022年10月25日　第1刷発行

著　者　栗原ちひろ
発行者　今井孝昭
発行所　株式会社集英社
〒101-8050東京都千代田区一ツ橋2-5-10
電話【編集部】03-3230-6352
【読者係】03-3230-6080
【販売部】03-3230-6393（書店専用）
印刷所　図書印刷株式会社

ISBN 978-4-08-680472-1 C0193